KB139549

1998, 리리 李李
Leelee

청소년 소설 _16

1998, 리리 李李 Leelee

최정이 글

펴낸날 2023년 12월 12일 초판1쇄
펴낸이 김남호|펴낸곳 현북스
출판등록일 2010년 11월 11일|제313-2010-333호
주소 07207 서울시 영등포구 양평로 157, 투웨니퍼스트밸리 801호
전화 02) 3141-7277|팩스 02) 3141-7278
홈페이지 http://www.hyunbooks.co.kr|인스타그램 hyunbooks
ISBN 979-11-5741-393-5 43810

편집장 전은남|편집 강지예|디자인 디.마인|마케팅 송유근 함지숙

1998, 리리 李李 Leelee

최정이

현북스

| 차례 |

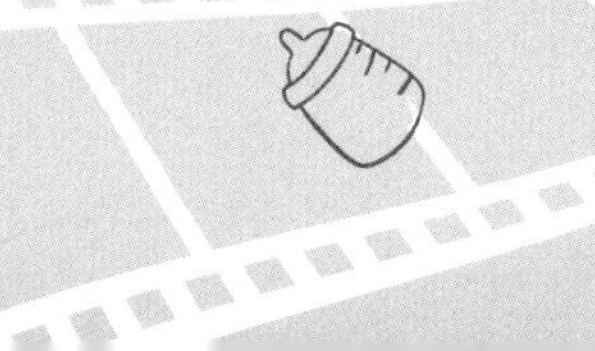

1. 이상한 사진

1998년 9월 25일. 미국.

사진을 주운 곳은 현관 앞이었다.

학교를 마치고 로타 할미네 직업소개소에 들렀다 오는 길이었다. 할미에게 일자리를 부탁하러 갔다가 허탕을 치고 오는데, 현관문을 열 때 안에서 나오던 아빠와 부딪히고 말았다. 그 바람에 아빠가 잔뜩 안고 나오던 쓰레기가 바닥에 와르르 떨어졌다.

"눈깔을 어디에 두고 다니는 거야?"

아빠가 소리쳤다.

나는 얼른 한발 물러섰다. 바닥은 헌 옷가지며 잡지, 영수증

쪼가리들로 어지러웠다. 이사를 앞둔 요즘, 아빠는 틈나는 대로 집 안의 쓰레기를 내다 버렸다. 현관 옆 거실 창 아래에는 아빠가 모아 놓은 쓰레기가 쌓여 있었다.

캭, 퉤!

아빠가 푸른 눈을 부라리며 침을 뱉었다. 침은 바닥에 있는 갈색 스웨터로 떨어졌다. 나는 한눈에 스웨터를 알아봤다. 오 년 전에 집을 떠난 엄마의 옷이었다.

엄마 물건은 진즉에 버려서 없는 줄 알았는데…….

"진즉에 버려야 할 쓰레기가 아직도 남았네. 잡종 쓰레기!"

아빠가 나에게 쏘아붙이며 골목으로 나섰다. 자동차 부품 공장에서 야간 경비를 서는 아빠는 또 지각인지 걸음이 빨랐다.

아빠가 버려야 할 잡종 쓰레기는 나.

나는 아빠가 골목 끝까지 갈 동안 기다렸다가 스웨터를 주웠다. 스웨터 아래에는 사진 한 장이 떨어져 있었다.

누구지?

사진의 주인공은 한 여자아이로 네다섯 살 정도 됐을까? 촌스러운 까만 단발에 노란 목도리를 두른 웬 동양인 아이였다. 무언가를 가리키는지 한쪽 팔을 들고 검지를 뻗은 아이는 눈물로 얼룩진 듯 얼굴은 꾀죄죄한데 표정만은 환했다.

풋! 순간 웃음이 났다. 그제야 반 박자 늦게 사진 속 아이가 누구인지 알아본 것이다. 사진 속 아이는 십 년 전, 그러니까…… 한국 나이로 다섯 살, 미국 나이로는 네 살에 한국서 이곳 미국 올드타운으로 입양되어 올 때의 나였다.

못났다, 못났어!

이 층 내 방으로 올라와 다시 사진을 보는데 아무리 봐도 촌스러웠다. 얼굴에 착 달라붙은 추레한 까만 머리에 색이 변한 양송이 껍질 같은 누런 피부. 맙소사! 누런 피부에 노란 목도리라니! 게다가 납작한 코와 가늘게 찢어진 눈까지. 열네 살이 된 지금의 나는 어렸을 때와 어쩜 이리도 달라진 게 없는지. 쯧쯧!

학교에서 단체 사진이라도 찍을라치면 나는 무릎을 굽혀 앞 사람에게 얼굴을 가리고는 했다. 특히 나와 같은 동양인 아이와 나란히 사진 찍을 일이 있으면 화장실이 급하다는 핑계를 대고서라도 자리를 피했다. 나와 같은 머리 색과 피부를 가진 아이 옆에 있으면 내 외모가 더 두드러지는 기분이 들었기 때문이다. 무지개 가족이란 말이 있을 정도로 다양한 피부색을 가진 이들이 모여 사는 지구촌이라지만, 나는 그런 낭만적인 말에는 관심이 없다. 까마귀 머리를 가진 누런둥이. 한국에서 온 해외 입양아. 유학생이 드문 변두리 학교에서 내 외모는 버려진 아이라는 표시였다. 그런 내 모습이 나는 '이(李)' 씨 성이 많은 나라에서 왔다 하여 '리리(李李)'라고 불리는 내 이름만큼이나 창피했다. 그러니 사진 찍기를 싫어하는 건 당연하고 간직한 사진도 없었다. 아빠도 내 사진을 보는 대로 내다 버렸고 그나마 몇 장 있던 어릴 적 사진도 엄마가 떠날 때 가져가 버렸다.

이런 사진은 뭐 하러 찍은 거야?

불만스레 사진 뒤를 봤지만 사진을 찍은 날짜나 장소 등을 표시한 글도 없었다.

그런데 이건 뭐지?

사진을 쓰레기통에 버리려는데 사진 속 얼룩이 자꾸 눈에 밟혔다. 필요 이상으로 물을 많이 탄 물감 자국 같은 얼룩이, 사진 속 아이가 뻗은 손끝 방향에 묻어 있었다. 어떻게 보면 사람 모양 같기도 하고……. 잘못 찍힌 건가? 나는 손끝으로 얼룩을 문질렀다. 문지르면 무언가 드러나기라도 할 것처럼 살살 만지는데, 갑자기 눈앞이 환해졌다. 앗! 고개를 들자 쪼일 듯 강한 빛이 내 눈을 쏘았다. 반사적으로 나는 눈을 감았다.

악!

그때 비명이 들렸다.

……!

나는 너무 놀라서 말도 안 나왔다. 나도 모르게 눈을 떴는데 어느새 빛은 사라지고 내 앞으로 흰옷을 입은 여자가 지나갔다. 의사였다. 의사는 계속 무어라 소리치는데 알 수 없는 외국어였다. 의사뿐 아니라 주위에는 간호사와 보모가 있고 유치원생으로 보이는 아이들과 아기들도 있었다. 아기들은 웬 상자에 담겼는데 상자는 가로세로 줄 맞춰져 바닥에 놓여 있었다. 상자 칸칸이 담긴 아기는 모두 동양인 아기였다. 아기들 팔목과 발목에는 하얀색 띠가 둘려 있는데 얼핏, 띠에 상품 꼬리표의 일련번호 같은 게 보였다. 그로 인해 아기들이 출고를 기다리는 상품처럼 보였다. 나는 뭐가 뭔지 몰랐다.

꿈이라도 꾸는 걸까? 작게 난 창들과 창밖으로 보이는 구름……! 내 방은 사라지고 나는 웬 비행기 안에 와 있는 거였다.

악! 뒤에서 또 비명이 터짐과 동시에 비행기가 흔들렸다. 내 몸이 옆으로 쏠렸다. 캑캑! 앞에 있는 상자에서 아기가 울음을 터트렸다. 다른 아기를 안고 서 있던 보모가 웅크리더니 한쪽 손으로 상자를 잡았다.

비행기에서 안내 방송이 나왔다.

"……난기류로 인해…… 승객 여러분은……!"

난기류를 만나 흔들린다는 비행기. 영어로 된 안내 방송을 듣는데 또 비행기가 흔들렸다. 어지러웠다. 나는 조심스레 바닥에 앉았다. 그때 내 앞에 있는 상자에서 무언가가 뿜어져 나왔다. 상자에 누운 아기가 몽글몽글 성긴 우유를 물총 쏘듯 토하는 거였다. 나는 상자를 끌어당겼다. 그사이 어디로 갔는지 옆에 있던 보모는 보이지 않고, 풀쩍 뛰면 닿을 만한 거리의 상자 뒤에서 무언가 까만 게 움직였다. 머리였다. 한 아이가 납작 엎드려 있다가 고개를 든 것이다.

'넌!'

내 눈이 커졌다. 고개를 든 아이는 방금 사진에서 보았던 노란 목도리를 두른 그 여자아이였다. 어릴 적의 나? 이해할 수 없었다. 사진 속 아이가 나인 줄 알았는데, 내가 아닌 모양이었다. 같은 사람이 두 명일 리는 없으니 말이다.

사진 속의 아이가 나를 보더니 비틀거리며 일어섰다. 그러더니 도와달라는 듯 나에게 손을 뻗었다. 제 딴에는 요령 있게 상자 모서리를 잡고 일어서는 모습이 야무져 보였다. 나는 한 손으로 아기 상자를 잡은 뒤, 무릎으로 기어가 다른 한 손을 아이에게로 뻗었다.

그때 또 어디선가 빛이 일었다. 빛은 순식간에 퍼져 모든 걸 덮어 버렸다. 빛 가운데 아이의 손만 희미하게 보였다. 그제야 나는 깨달았다. 아이는 내게 도와달라고 손을 뻗은 게 아니었다. '안녕.'이라고 인사하는 듯, 아이는 내게 손을 흔들고 있었다.

헉!

고개를 들자 정전으로 텔레비전 화면이 꺼진 것처럼 잠시 암흑이더니, 곧 환한 대낮의 내 방이 보였다. 의자에 걸쳐 놓은 옷과 책상 위 물건들, 언젠가 아빠가 발로 찬 자국이 있는 나무 문짝까지. 비행기는 사라지고 어느새 나는 내 방에 와 있었다. 사진은 여전히 내 손에 들려 있었다.

으으!

귀신이라도 본 양 나는 사진을 던졌다.

"너, 넌 누구야?"

방바닥에 떨어진 사진 속 아이를 향해 말하는데, 방문이 열리며 누군가 들어왔다.

"리리!"

마틴이었다.

"마틴, 좀 전에 이상하지 않았어? 비명도 들리고 집도 막 흔들리고……."

"비명?"

마틴이 주위를 둘러보며 시큰둥한 표정을 지었다. 여섯 살인 마틴은 아빠의 여자 친구인 제니의 아들로 우린 일 년 전부터 함께 살았다.

"못 들었는데……. 나, 이거 접어 줘."

내 말에는 관심 없는 듯 마틴이 색종이를 내밀었다. 종이비행기를 접어 달라는 말이었다. 나는 건성으로 색종이를 받으며 다시 한번 주위를 봤다.

정말 꿈이라도 꾼 건가? 앉은 채로 잠을 잔 거였어?

이상했다. 꿈이라기에는 너무도 생생했다. 사진 속 아이와 상자 속 아기들, 의사와 간호사……. 헉! 거기까지 생각하다가 나는 한 손으로 입을 막았다. 소름이 끼쳤다. 의사와 간호사는 옷차림을 봤으니 그렇다 쳐도 보모는 어떻게 안 거지? 아기를 안은 사람이 아기 엄마일 수도 있는데 나는 당연히 보모라 여겼다. 처음부터 알고 있던 것처럼 말이다. 난기류란 말도 그렇다. 평소 내가 난기류란 말을 쓴 적이 있던가? 으으, 정말 귀신이라도 씌었던 거야? 아니면 환각? 점심때 내가 뭘 먹었더라? 뜬금없지만 무언가를 잘못 먹어 이상 증상이 나타난 건가 싶기도 했다. 먹으면 환각을 일으킨다는 버섯도 있으니 말이다.

"비행기 좀 접어 달라니까! 이번엔 로타 것도 접어 줘. 로타가 그러는데 누나가 세상에서 비행기를 제일 잘 접는대."

마틴이 내 팔을 잡으며 졸랐다. 로타는 마틴의 코흘리개 여자친구로 사설 직업소개소를 운영하는 할미의 손녀였다. 쉰 살 많은 할미는 나의 친구였고, 마틴과 나는 로타네 할머니를 '할미'라고 불렀다.

할미한테 가서 여쭤볼까?

나는 바닥에 떨어진 사진을 다시 봤다.

동양인 아이라서 무조건 나라고 착각한 건가? 그럼 걘 누구지? 집에 나 말고 다른 동양인 아이 사진은 없을 텐데…….

"근데 앤 누구야?"

마틴이 내 눈길을 따라 보며 사진을 주웠다. 나는 얼른 사진을 빼앗아 내 얼굴과 나란히 댔다.

"봐 봐, 마틴. 이 아이가 누나 같아?"

마틴이 뚱한 얼굴로 사진 속 아이와 나를 번갈아 봤다.

"앤 못생겼어. 울랄라띵똥쿵짝 같아."

마틴이 킥킥거렸다. 뭐든지 장난만 치려는 마틴.

"잘 봐 봐, 마틴. 이 애랑 누나랑 닮았어?"

"걘 바보 같다니까. 킥킥."

그때 층계참에서 소리가 났다.

"마틴, 집 앞에서 기다리랬잖아. 어서 나와."

제니였다. 제니는 마틴과 외출하려는지 문 앞으로 와, 방에는 들어오지 않고 손만 내밀었다.

마틴이 쪼르르 제 엄마에게 가며 나에게 말했다.

"나, 갔다 올 동안 비행기 접어 줘. 그거 접어 주면 타임머신 할 거야. '전송, 스코티!' 하면 시간 여행 가는 거!"

제니도 말했다.

"오늘은 빨래 좀 해야 할 것 같은데."

나에게 빨래를 하라는 말. 나는 대충 고개를 끄덕였다. 마틴과 아래층으로 가는 제니에게도 사진 속 아이가 나로 보이냐고 물으려 했지만, 마틴의 말이 머리에 꽂혔다. 시간 여행? 혹시 나도 시간 여행을 한 걸까? '전송!'을 외치면 다른 시공간으로 이동하는 텔레비전 프로그램처럼?

풋! 나는 웃음이 났다. 마틴같이 코흘리개나 하는 상상을 하다니! 마틴은 자동차를 타고 미래와 과거를 오가는 영화를 진짜라고 믿었다. 어른이 되면 타임머신을 타고 공룡시대로 갈 거라 했다. 하긴, 나도 과학 퀴즈 대회에서 시간 여행에 관한 책을 상으로 받은 적이 있었다. 《시간의 주름》이란 책인데, 책에서는 주름치마의 한쪽 끝에서 다른 쪽 끝까지 작은 벌레가 기어가는 것을 예시로 들어 시간 여행을 설명했다. 주름치마의 주름을 펼쳐서 벌레가 그 위를 지나면 시간이 오래 걸리지만, 주름치마의 주름을 잘 접은 다음 접힌 주름에 구멍을 내서 그 구멍을 통과한다면 한쪽 끝에서 다른 쪽 끝으로 바로 가게 된다는 거였다. 주인공은 그런 식으로 시공간을 이동해 아빠를 구하러 갔다. 나는 표지가 떨어질 정도로 그 책을 읽고 또 읽었다. 다른 공간으로 간다는 가설이 신기했고 시간과 시간을 잇는 통로가 있다는 말이 그럴듯했다. 책에서는 다른 세계로 이어지는 그 통로를 웜홀이라 했다. 우주선을 타고 웜홀을 통과…….

그때 아래층에서 소리가 났다.

"캭, 퉤! 우라질!"

아빠였다.

난기류가 덮쳤다.

"취직한 지 얼마나 됐다고 또 그냥 와? 설마, 이번에도 잘린 거야?"

화난 제니 소리도 들렸다.

"그렇게 됐어. 사장이 아주 양아치더라고."

아빠가 말했다.

"당신이 계속 땡땡이치니까 그런 거지!"

"자꾸 열받게 해서 피한 거라니까."

"피하니까 열 받는 거지!"

나는 밖으로 나가기 위해 가방을 멨다. 그동안의 경험으로 보면 이럴 때는 마틴과 밖으로 피하는 게 나았다. 마틴은 제니와 아빠가 싸울 때면 꼭 제 엄마 곁을 지키려고 했지만, 상황만 더 나빠질 뿐이었다. 지난번처럼 아빠가 던진 병에 맞아 다치기라도 하면 큰일이니 말이다.

"마틴."

나는 아래로 내려가 계단 끝에 서서 소리가 거의 나지 않게 입 모양으로 마틴을 불렀다. 다행히 아빠는 등을 돌린 채 텔레비전 채널을 돌리고 있었다. 화면에는 클린턴 대통령에 이어 북대서양에서 발생한 '미치'라는 허리케인 소식이 전해졌다.

"이 상황에 텔레비전이 눈에 들어와?"

제니가 성큼 다가가 텔레비전을 껐다. 그 때문이었을까?

"야, 너!"

갑작스레 아빠가 뒤돌아서 나에게 소리쳤다. 나는 그 자리에서 얼어 버렸다.

제니가 아빠를 향해 턱을 치켜들었다.

"그래서? 또 일을 그만두면 어떡할 거냐니까?"

나를 노려보던 아빠가 다시 제니를 봤다.

"죽갔네! 뭐가 걱정이야. 자기 보험금 있잖아."

"뭐? 허! 계속 열 받게 좀 하지 말아 줄래?"

"제니, 나야말로 열받은 게 하루 이틀이 아냐. 난 십 년 동안 쭉 열 받았어. 리리 쟤가 오고부터 내 인생이 꼬여서 되는 일이 하나도 없어. 쟬 데려온 여자도 쟬 버렸고, 맙소사! 쟬 낳은 여자도 쟬 버렸어. 얼굴도 모르는 그 더러운 잡종 나부랭이가 싸질러 놓은 걸 지금껏 내가 먹이고 입히고 키웠다고. 아무 상관도 없는 내가!"

아빠가 순식간에 뒤돌더니 내 어깨의 가방을 낚아챘다. 그 힘에 딸려 이 층으로 피하려던 나는 아래로 쓸려 내려갔다.

"이 넝마주이! 이사 가면 이 집과 함께 너도 파양이야!"

아빠가 소리치며 내 가방을 패대기쳤다.

"주세요!"

나는 가방을 향해 손을 뻗었다. 그러자 짝! 아빠가 내 뺨을 때렸다.

"구제 불능!"

마틴이 내 앞을 막아서며 아빠에게 소리쳤다.

"마틴."

제니가 주의하라는 듯 엄한 소리로 마틴을 불렀다. 그러나 마틴은 물러서지 않았다.

"로타네 할미가 아저씨는 구제 불능이래! 이 바보 멍청이 구제 불능!"

어른들의 말을 즐겨 쓰는 마틴.

아빠가 코웃음을 쳤다.

"핫! 구제 불능이라. 다 한통속이 되어 찧고 까부는군."

제니가 다가와 마틴의 손을 잡고 밖으로 나갔다.

"빌어먹을! 나가지 좀 말라니까!"

나에게 오려던 아빠가 내 가방을 짓밟으며 쫓아 나갔다. 나는 얼른 기어가 가방을 주워 꼭 끌어안았다. 나의 보물 1호, 내 생존 가방이었다.

2. 구제 불능

1998년 9월 26일. 미국.

아빠는 나를 '누런둥이 종자'라고 불렀다. 처음부터 내 입양을 반대한 아빠를 설득한 사람은 엄마였다. 아기가 생기지 않아 입양을 고민하던 어느 날, 엄마는 우연히 잡지를 보다가 '그분이 주셨다.'라는 글이 눈에 들어왔다고 한다. 공교롭게도 그날 아빠가 일하던 건물에 폭발 사고가 났는데 아빠는 운 좋게 사고를 면했다. 간발의 차이로 사고를 면한 아빠 소식과 잡지의 '그분이 주셨다.'라는 문구가 맞아떨어지는 순간, 엄마는 모든 게 신의 계시인 것만 같았다. 아빠가 사고를 면한 것도 그분이 주셨을 동양의 불쌍한 아이를 구원하라는 신의 계시였다.

엄마는 곧 '누런둥이 종자'를 꺼리는 아빠와 외할머니를 설득했다. 입양을 위해 한국까지 갈 필요도 없었고 가정조사도 까다롭지 않았다. 한국 아이는 순해서 적응을 잘한다고 했고, 미국과 거리도 멀어 생모가 쫓아와 문제를 일으킬 염려도 없다고 했다.

수개월 걸릴 줄 알았던 입양 신청은 쉽게 통과됐고 엄마는 크리스마스이브에 나를 선물 받았다. 신의 선물이었다.

엄마가 떠나자 아빠는 나를 볼 때마다 푸념했다.

"진즉에 돌려보냈어야 했는데."

이제 나는 선물이 아닌 반품 때를 놓친 물건.

나는 내가 한국의 어디에서 태어났는지도 모른다. 한국에서의 이름이며 살던 곳, 나를 낳아 준 사람 등 기억나는 게 없다. 나는 나를 낳아 준 사람도 '출산인'이라고 부른다. 낳았다고 해서 모두 엄마라고 불릴 자격이 있는 것은 아니라는 말을 하고 싶은 건 아니다. 다만, 언젠가부터 나를 버린 이에게 엄마라고 하는 게 맞는 걸까 하는 생각이 들었다. 나에게 엄마는 나를 입양한 미국 엄마뿐이었다.

푸른 눈에 금발인 엄마는 내가 자기 품에 안긴 날에 새로 태어났다며, 입양되어 온 날을 생일로 정해 주었다. 12월 24일. 하지만 그런 엄마도 내가 학교에 입학하고 얼마 안 있어 나를 떠났다. 건설업체 간부인 로널드 아저씨와 사랑에 빠진 엄마는 아빠와 헤어진 뒤 아기도 낳았다. 엄마를 닮아 금발에 파란 눈인 베티라는 여자아이였다. 베티를 낳은 뒤에도 엄마는 내게 몇 번 연락했지만, 어느 날 전화로 우울증이니 인생무상이니 하며 횡설수설한 뒤로 연락이 끊겨 버렸다. 엄마에게도 출산인에게도 나는 버려진 아이였다.

매운 음식을 잘 먹고 신발을 벗고 방에 들어가며, 조상의 성씨를 자랑스럽게 여긴다는 나라, 한국. 전쟁으로 국토 가운데에 가시철조망이 박힌 나라. 내가 아는 한국은 그 정도였다. 언젠가 수업 시간에 한국 사진을 본 적이 있었다. 다큐멘터리 잡지에서 본 듯한 이국적인 느낌이 다였다. 나는 나를 일본인이나 중국인으로 아는 사람에게도 굳이 한국에서 왔다고 밝히지 않았다. 가는 데 열네 시간이 걸린다지만 한국은 나에게 우주의 머나먼 행성과도 같은 곳이었고, 그런 나라에서 온 나는 엄마가 버리고 간 갈색 스웨터일 뿐이었다.

엄마가 떠나도 아빠가 나를 키운 건 나로 인해 엄마가 돌아올 거라고 믿었기 때문이다. 그랬는데 엄마가 아기까지 낳자 아빠는 매사에 트집을 잡았다.

"어째서 넌 그렇게 쩝쩝거리며 밥을 먹냐? 거지냐?"

다행히 일 년 전부터 제니와 살면서 아빠는 어느 정도는 나를 필요로 하게 됐다. 아빠가 제니와 어울려 다닐 동안 아빠가 성가셔하는 마틴을 내가 돌봤기 때문이다. 그랬는데 지금 아빠와 제니는 이사를 준비 중이고 새 출발을 맞아 나를 파양할 계획이었다.

또다시 버려진다는 두려움은 끔찍했다. 아빠와 사는 게 무섭지만 버려지면 나는 또 누군가에게 위탁되거나 입양될 것이고, 그랬을 경우 새 보호자가 아빠보다 나을 거라는 보장은 없었다. 자기 아이들을 키우게 하는 등 일을 부려 먹을 수도 있고, 키워 줄 생각은 없이 보조금을 타려고 나를 위탁할지도 몰랐다. 누군가는 출산인처럼 나를 버릴지 모르며, 엄마처럼 떠날 수 있고, 아빠처럼 주문을 반품하듯 위탁을 취소할 수도 있었다.

그 밖에도 내게 일어날 안 좋은 일은 많았다. 그럴 때를 대비해 나는 최소한 길바닥에서 며칠 정도는 살아갈 준비를 하지 않을 수 없었다. 물론 좋은 가정을 만날 수도 있지만, 화재와 같은 재난은 예고 없이 닥치는 것이고 해외 입양은 나에게 재난과도 같은 거였다. 나는 또다시 닥칠지 모를 재난을 위해 생존 가방을 준비했다.

호루라기와 세면도구, 비상약, 만년필 모양의 손전등, 상할 염려가 없는 비상식량, 생존일지, 무기도 될 수 있는 고기 두드리는 망치와 문구류 등. 얼마간에 걸쳐 나는 생존 가방을 꾸렸다. 아르바이트로 모은 비상금도 챙겼고 생일 저금통도 만들어 넣었다.

생일 저금통은 은행에서 나눠 준 사은품으로 위는 초록색이고 받침은 검은색인 나무 모양 저금통이었다. 저금통에 나는 내 나이만큼의 동전을 넣고 저금통 앞 스티커에는 이름과 생일도 써 두었다.

짤랑!

저금통을 흔들면 한국에도 미국에도 속하지 않지만 분명 난 이 세상에 존재한다는 사실이 새삼 일깨워졌다. 내가 어디에 있든 생일이 오면 앞으로도 나는 저금통에 동전 하나씩을 모을 것이다.

그리고 생존 가방끈에 달린 열쇠고리 모양의 코끼리 인형. 갈색 털로 만들어진 인형은 마틴이 크리스마스 선물 겸 생일 선물로 내게 준 것이다. 자기 엄마 친구가 운영하는 장신구 가게에서 얻어 온 것이라는데 마틴의 손때가 묻어 꼬질꼬질했지만 나는 그 인형이 좋았다. 나이에 비해 어려운 단어를 즐겨 쓰는 마틴이 강아지에게 '고고학'이니 '잡동사니'라고 이름 붙여 주었듯 인형에게 이름을 붙여 주었는데, 바로 '수호천사'였다. 나는 그 이름이 내 생존 가방과도 잘 어울린다고 생각했다.

그렇다고 생존 가방이 정말 수호천사처럼 내 생존을 완전히 보장해 준다고 믿는 건 아니었다. 나 같은 미성년자가 생존 가방 하나로 위기를 피할 순 없을 것이다. 그러나 생존 가방이 있으면 가장 비참한 상황은 면할 수 있으리라는 게 내 생각이었다. 그래서 나는 학교에 갈 때도 일하러 갈 때도 수호천사인 내 생존 가방을 꼭 메고 다녔다. 내게 일어날 가장 안 좋은 일은 생존 가방을 잃어버리는 일일 것이다.

밤 12시가 넘도록 제니와 마틴, 아빠는 돌아오지 않았다. 나는 내 방에 앉아 생존 가방의 물건을 늘어놓고 멍하니 바라봤다. 아빠에게 밟혀 터져 버린 치약과 고리가 부서진 만년필 모양의 손전등 등. 생일 저금통도 찌그러져 나무 모양의 초록색 윗부분과 받침대가 벌어져 있었다. 나는 투명 테이프로 저금통의 벌어진 곳을 붙이고 찌그러진 곳을 폈다. 하지만 저금통은 원래대로 되지 않았다. 모든 게 나처럼 구제 불능이었다.

째깍! 아무도 없는 밤. 시계 소리만 들렸다.

나는 가방 안의 생존일지를 꺼냈다. '정글에서 살아남는 법' 등을 적어 놓은 공책인데 갈피 사이로 종이가 비죽 나와 있었다. 종이는 어느 한식집에서 나눠 준 광고지로 어쩌다 생존일지에 꽂아 둔 거였다. 광고지를 꺼내 펼치자 웃는 얼굴로 음식을 들고 있는 광고 모델이 보였다. 머리를 올리고 한복을 입은 한국인 여자였다. 나를 낳은 출산인도 이렇게 생겼을까?

나는 출산인에게 묻고 싶었다.

당신도 머리를 올리고 이렇게 색색의 한복을 입었나요?

당신은 나를 뭐라고 불렀나요?

왜 나를…… 버렸나요?

나도 모르게 눈물이 났다. 언젠가 텔레비전을 볼 때도 이렇게 운 적이 있었다. 별로 재밌게 본 것도 아닌데 드라마 속 주인

공 엄마가 죽는 장면에서 눈물이 났다. 한 번 나온 눈물은 그치지 않았다. 걷잡을 수 없이 울며 나는 그때 엄마를 불렀다. 그때 부른 엄마는 누구였을까? 나는 안다. 그녀는 출산인이었다. 출산인을 원망하지만, 마음 한편으로 나는 그녀가 보고 싶었다. 그리웠다.

돌아가고 싶어!

또다시 버려질 막다른 곳. 과거로 갈 수만 있다면 나는 내 입양을 막고 싶었다. 나를 미워하는 내가 아닌, 원래의 내가 어떤 사람인지 알고 싶었다.

나는 누구일까?

스웨터 아래에서 주워 온 사진을 봤다. 나를 가리키는 듯 손을 뻗고 있는 아이.

넌 누구니? 내가 돌아갈 곳은 없는 거니? 돌아가고 싶어…….

사진을 손에 쥔 채 나는 점점 잠에 빠져들었다.

3. 네가, 나니?

1988년 9월 21일. 낮. 한국.

"으으, 허……어……."

어디선가 흐느끼는 소리가 들렸다. 낯선 곳이었다.

여기가 어디지? 이 소리는 뭐야?

나는 주위를 둘러봤다. 내가 있는 곳은, 경사진 땅 아래로 다닥다닥 붙은 지붕이 보일 정도로 높은 곳이었다. 아래쪽 정면으로는 멀리 알록달록한 벽보도 보였는데, 올림픽? 잘 보이지는 않지만 동그라미 다섯 개가 그려진 오륜기가 눈에 뜨였다. 발아래는 축대였는데 벽보는 축대 아래 골목으로 들어가는 벽에 붙어 있었다.

"살려 주세요. 으……."

또 소리가 났다.

위쪽이라는 직감으로 고개를 젖히자, 엇! 나는 내 눈이 의심스러웠다. 소리가 나는 곳은 내 옆쪽에 있는 회색 건물인데 3층쯤에 사람이 매달려 있었다. 여자였다.

여자는 겁에 질려 올라가지도 내려오지도 못했다. 여자가 매달린 곳은 건물의 뒤편으로 사다리나 층계 같은 건 없었다. 군데군데 회색 칠이 벗겨진 벽에는 층마다 창이 있고 창 옆으론 꼭대기에서 바닥까지 이어진 파이프가 있는데, 여자는 그 파이프에 매달린 거였다. 창을 통해 나와서 파이프를 타고 내려오려는 모양이었다.

탈출?

이해가 되지 않았다. 아무리 봐도 여긴 탈출극을 찍는 영화 세트장이 아니었다. 주변에는 도와줄 사람 하나 보이지 않았다.

어제저녁, 나는 아빠에게 뺨을 맞고 생존 가방은 짓밟혔다. 마틴과 제니, 아빠는 늦은 밤까지 돌아오지 않았고 나는 사진을 보다가 잠이 들었다.

꿈인가? 어떨 땐 꿈을 꾸면서 꿈인 줄 안다더니 지금이 그런 건가?

"어어!"

"어어!"

여자와 내가 동시에 소리쳤다.

여자가 발을 허우적거리는가 싶더니 파이프에 매달린 채 그대로 미끄러지는 거였다.

"Watch out!(조심해요!)"

"비켜!"

여자와 내가 또 동시에 소리쳤다. 여자의 말은 처음 듣는 외국어인데 알아들을 순 없어도 왠지 익숙했다.

쿵!

여자가 땅바닥에 엎어졌다. 순식간에 여자의 운동화 한 짝이 내 앞으로 굴러왔다. 다행히 여자는 끝까지 파이프를 놓지 않아 곤두박질은 면한 것 같았다.

"Hey, Hey?(저, 저기요?)"

나는 운동화를 주워 여자에게 다가갔다. 여자가 엎어진 채

꿈틀댔다.

"Are you O.K.?(괜찮아요?)"

여자가 천천히 고개를 들었다. 그러더니 아픔에 겨우면서도 싱긋, 나를 보고 웃었다.

"Who are, you?(누구, 세요?)"

여자는 까맸다. 머리도 까맣고 눈동자도 까맣고 피부도 까무잡잡한 동양인이었다. 처음 보는 외국인이었고 생머리를 하나로 묶었는데 나이 차이 많은 언니 같았다. 작업복으로 보이는 자주색 옷을 입었는데 가슴 부분에 글자가 수놓아져 있었다.

Daesung Electronics.

처음 보는 외국어 글자 아래에 작게 수놓아진 영어였다. 여자는 대성 일렉트로닉스란 전자 회사에 다니는 모양이었다. 작업복을 입은 걸 봐서는 공장 노동자였고, 가슴에 웬 띠를 두르고 있는데 띠에도 글자가 적혀 있었다. 외국어라 무슨 말인지는 몰라도 이런 모습을 뉴스에서 본 적이 있었다. 해고된 동료를 복귀시키라거나 정당한 시급을 달라며 시위하는 사람들. 여자도 그런 노동운동을 하는 사람 같았다.

나는 여자에게 운동화를 건넸다.

"Are you O.K.?(괜찮아요?)"

여자가 힘겹게 일어서며 운동화를 받았다. 운동화를 받는 여자 손등에는 반창고가 너덜거렸다.

"괜찮아?"

여자도 물었다. 나는 고개를 끄덕였다. 무슨 말인지는 모르지만, 여자도 나와 비슷한 걸 묻고 있음을 느낄 수 있었다. 이상하게도 여자의 말이 익숙하고 내 말이 외국어처럼 느껴졌다. 그나저나 여자는 영어는 통 모르는 모양이었다.

"You are bleeding!(피 나요!)"

나는 놀라며 여자의 팔을 가리켰다. 여자가 운동화를 신는데 팔꿈치에서 피가 흘렀다. 파이프를 타고 내려오다가 긁힌 모양이다. 습관적으로 나는 내 몸을 더듬었다. 생존 가방에 반창고와 연고가 있다. 하지만 늘 메고 다니던 가방이 하필 이때 없었다.

"I forgot to take my bag!(갖고 왔어야지!)"

나도 모르게 내 머리를 콩 때렸다.

여자가 신기한 듯 나를 봤다.

"와! 아까부터 너, 발음이 완전 본토야. 누가 들으면 너 미국서 온 줄 알겠다, 야!"

1988년 한국. 나는 이곳에 와 있다.

말도 안 돼! 이건 꿈이야.

나는 다시 벽보를 봤다. 여자를 부축해 골목까지 내려오니 벽에 붙은 올림픽 포스터가 보였다. Seoul 1988. 축대 위에서 어렴풋이 보였던 오륜기 포스터 옆으로 모자를 쓴 호랑이 그림이 있고, 그림 아래에 '24th Olympic Games 9.17~10.2'라는 글자가 보였다. 내가 사는 세상으로부터 십 년 전의 날짜. 올림픽 포스터와 나란히 영화 포스터도 붙어 있는데 브루스 윌리스 주연의 〈다이하드〉였다. 내가 아는 브루스 윌리스보다 머리숱이 많고 짙은 걸로 보아 〈다이하드〉 1편이었다. 〈다이하드〉와 나란히 붙은 다른 영화 포스터도 있는데 한국 여자 사진이었다. 지나가는 사람도 모두 한국인뿐. 그동안 나는 내가 미국인도 한국인도 아니라고 생각했는데 이곳에선 내가 미국인처럼 느껴졌다. 지금 여기에 미국인은 브루스 윌리스와 나뿐이었다.

"저기 골목까지만 데려다줘."

파이프 아래에서 여자가 말했다. 나는 여자의 말을 알아듣지는 못했지만 도움을 청한다는 건 알 수 있었다. 땅에 떨어지며 발목을 접질렸는지 여자는 한쪽 발을 절룩였다. 나는 여자가 붙잡을 수 있도록 내 어깨를 내주었다. 여자는 가슴에 두른 띠를 풀어 주머니에 욱여넣고, 겉옷을 벗어 한 손에 말아 쥐더니 다른 한쪽 팔을 내 어깨에 둘렀다. 의지한다기보단 끌어안는다는 느낌이었다. 그 느낌이 멋쩍고 따스했다.

골목 앞까지 내려와 위를 보니 축대가 아찔하게 높았다. 여자와 나는 축대 옆에 나선형으로 이어진 계단으로 내려왔는데, 계단 난간이 무척 낮았다. 겨우 내 무릎 정도 높이라 자칫 균형이라도 잃으면 떨어질 것 같았다. 축대 아래는 울퉁불퉁 돌까지 솟아 있어 가림막 구실을 못 하는 난간은 더 위험해 보였다.

부축해 내려오는 동안 여자가 내게 이것저것을 물었다.

"넌 교포니? 요즘 외국 사람들 많아졌던데 너도 올림픽 보러 온 거야? 한국말은 못 해?"

나는 대충 고개를 끄덕였다. 여자도 딱히 내 대답을 듣기 위해 묻는 것 같진 않았다. 입술이 창백해 어딘지 아파 보이는 여자는 내게 말하면서도 누가 쫓아오기라도 하는지 자꾸 뒤를 살

폈다.

'아디도스?'

여자가 뒤를 살피는 사이, 나는 여자의 옷을 흘끔 봤다. 겉옷을 벗자 드러난 여자의 노란 티에 아디다스 문양이 있는데 문양 아래의 글자는 'adidos(아디도스)'였다. 운동화도 나이키 그림인데 상표 이름은 'NICE(나이스)'인 모조품이었다. 나는 한쪽 손으로 여자의 허리를 감싸고 나이스 걸음에 맞춰 천천히 걸었다. 아디도스에서 여자의 품 냄새가 났다.

"어딜 토껴?"

골목으로 들어서는데 말소리가 났다. 돌아보니 맞은편 골목에서 한 무리의 남자들이 걸어 나왔다. 모두 네 명이었고 여자와 같은 작업복을 입었는데 전부 각목을 들고 있었다. 순간, 여자가 나를 자신의 뒤로 확 당겼다. 어디서 그런 힘이 났을까 싶게 강한 힘이었다.

"그냥 보내 줘요. 난 아무것도 몰라요."

여자가 남자들에게 말했다.

"핫! 웃기는 소리. 니들도 쥐새끼처럼 파이프 타고 빠져나온 거냐? 기자들이랑 대학생들한테 우리 회사 농성 중이라고 꼰지르려고?"

팔에 완장을 두른 남자가 각목을 까닥거리며 여자 앞으로 다가왔다.

무장 강도? 테러범? 약물 중독자 같지는 않았다.

완장이 말했다.

"데모질해서 회사를 저 지경으로 만들었음 책임을 져야지. 니들이 먼저 사무실 점거했으니 이번엔 끝을 보자. 수도도 끊고, 전기도 끊고, 먹을 것도 다 막을 거니까 어디 한번 그 안에서 버텨 봐. 한 명도 빠져나가지 못하게 막을 테니 도로 기어들어 가!"

완장이 말끝에 각목으로 여자의 어깨를 밀쳤다. 여자가 한걸음 뒤로 물러났다. 나는 여자의 허리를 꽉 잡았다. 생존 가방에 넣어 둔 고기 두드리는 망치와 호루라기가 있으면 좋으련만. 다행히 몇 발짝 떨어진 곳에 쓰레기봉투가 보였다. 거실 창 아래에 아빠가 쌓아 놓은 쓰레기 더미가 떠올랐다. 와르르 쏟아지던 쓰레기. 나는 표시 나지 않게 그쪽으로 한 발 내디뎠다. 여차하면 뛰어가 집어 던질 작정이었다.

그러다 나는 소스라치게 놀랐다. 내가 얼마 전부터 이 사람들의 말을 알아듣고 있다는 걸 깨달았다. 사람들은 영어를 쓰지 않았다. 그런데도 나는 그들의 말을 알아들었다. 나는 나를 막아선 여자를 봤다. 여자의 냄새며 체온, 내 몸에 닿은 여자의 손길. 크지도 작지도 않은 여자의 목소리와 숨결. 그런 미세한 것들이 내 몸에 퍼지며 여자의 몸에 닿은 순간부터 내가 여자의 말을 알아들었다는 걸 깨달았다.

완장이 자기 말에 자기가 더 화가 나는 듯 말을 이었다.

"요즘 올림픽이다 뭐다 해서 외국인들 눈도 있으니 죽은 듯 조용해야 하는데, 너희들이 이렇게 빠져나가서는 회사가 월급도 안 주고 일만 부려 먹어요, 그래서 노동자들이 사무실 점거했어요, 그러니 우리 좀 도와주세요, 그렇게 기자들한테 사진도 찍고 나발도 불면 어쩌려고? 그러다 회사 손해 보면 니들이 책임질 거야? 그러니 어서 들어가!"

여자가 말했다.

"나 혼자 빠질 수 없어서 사람들과 함께 한 거예요. 그러니 좀 봐줘요. 아이를 만나야 해서……. 콜록!"

건드리니 터진 것처럼 여자가 기침을 연달아 했다. 콜록콜록……!

"I will call the police!(경찰에 신고할 거야!)"

내가 여자 앞으로 나섰다. 겁이 났지만 여기는 꿈속! 무장한 남자들과 대결한들 문제 될 건 없었다. 꿈에서 깨면 그만이었다.

픽! 완장이 코웃음 쳤다.

"하여간 올림픽이 문제야. 올림픽 좀 했다고 개나 소나 쏼라 쏼라 쁘띠쁘띠지. 외국물이나 한번 먹어 본 것들이 쏼라거리면 말이나 않지. 공순이 말단 주제에 이게 어디서 먹물 행세야!"

완장이 각목을 쳐들었다.

이때다!

나는 잽싸게 튀어가 쓰레기봉투를 들어 완장을 향해 힘껏 던졌다.

퍽!

쓰레기봉투가 날아가 남자 얼굴에 맞았다.

에퉤퉤!

남자가 침 뱉는 소리를 냈다. 그런데 완장이 아니었다. 봉투를 맞은 사람은 완장 뒤에 있던, 얼굴이 하얘서 깨알 같은 점이 도드라져 보이는 안경 낀 남자였다. 순간, 다른 두 명의 남자가 여자와 내 팔을 잡았다.

"Let me go!(놔요!)"

내가 소리치자, 안경 낀 남자가 안경을 고쳐 쓰며 나를 노려봤다. 그러더니 눈은 그대로 나를 보며 구둣발로 완장의 무릎을 찼다.

"정신 안 차려!"

"과, 과장님!"

쓰레기봉투를 피해 몸을 숙였던 완장이 두 손으로 한쪽 무릎을 감싸며 다른 쪽 발로 한 걸음 펄쩍 뛰었다. 안경이 완장보다 지위가 높은 모양이었다.

"뭐 해? 당장 끌고 가!"

안경이 소리치자 나와 여자를 잡은 두 남자가 사납게 우릴 끌어당겼다.

"제발 놔 줘요. 집에서 아이가 기다리고 있어요!"

여자가 사정했다.

"Let me go! Let go of my hands!(놔! 놓으란 말이야!)"

나도 소리쳤다. 그러자 안경이 허리를 굽혀 내 얼굴을 빤히 봤다.

"얘 아까부터 영어를 쓰는 게……."

안경이 고개를 갸웃하더니 완장에게 물었다.

"이 아이 우리 공장 애 맞아? 쥐새끼처럼 숨어 들어온 기자 똘마니라도 되는 거 아냐?"

내가 말했다.

"Me? I'm not a rat, or a stooge, I'm just a foreigner. You just blocked, grabbed, and threatened a foreigner who did nothing wrong. You're the one who should be hiding, not me, because I'm reporting you!(나? 난 쥐새끼도 똘마니도 아닌 그냥 외국인. 그러니까 당신은 지금 아무런 잘못도 없는 외국인의 길을 막고, 붙잡고, 위협하고 있는 거야. 숨어야 할 사람은 내가 아닌 바로 당신이야. 나 당신 신고할 거거든!)"

나는 곧바로 주위를 향해 소리쳤다.

"Hey! Please call the police. These people are trying to kidnap me! Police, police!(여보세요! 경찰 좀 불러 주세요. 이 사람들이 나를 납치하려 해요! 경찰, 경찰!)"

안경과 완장이 당황한 얼굴로 한 걸음 물러났다. 마침 지나가던 아저씨가 나를 보자 내 팔을 잡았던 남자도 주춤하며 손에 힘이 풀렸다. 그 틈에 나는 손을 뿌리치고 여자를 잡은 남자를 밀어 버렸다.

이번에는 여자가 나섰다.

"이 아인 공장 직원이 아니에요. 올림픽 보러 온 외국 손님이라구요. 나와 친척인데 내가 길 안내를 하기로 했어요. 그러니 우릴 풀어 줘요. 요즘 올림픽 때문에 외국인에게 친절히 대하라고 텔레비전에서도 홍보하는데, 정말 신고라도 당하고 싶어요?"

삐이익!

마침 축대 위에서 호루라기 소리가 났다. 각목을 든 또 다른 무리의 남자들이 호루라기를 불며 누군가를 쫓고 있었다. 발길을 멈췄던 아저씨는 더욱 궁금한 얼굴로 축대 위와 우리를 번갈아 봤다.

안경이 아저씨를 의식하며 완장에게 말했다.

"너, 자꾸 이렇게 헛다리 짚을래? 기침하는 잰, 한눈에 봐도 환자 같은데 저런 앨 공장에 가두면 말썽만 생긴다는 거 몰라? 거기다 외국인까지! 진짜 대가리를 잡으란 말이야! 빨리 저 위로 안 튀어? 이러다 빈대도 벼룩도 다 놓친다!"

안경이 소리치고는 축대로 향했다. 나와 여자를 잡았던 남자들도 안경을 따라 걸음을 옮겼다. 완장도 마지못해 따라가며 나를 노려봤다.

"이 쬐그만 게! 하여간 너희 둘, 외국인이고 뭐고, 한 번만 더 내 눈에 뜨이면 그땐 진짜 죽을 줄 알아!"

콜록, 콜록, 콜록…….

남자들이 모두 축대로 올라갈 동안에도 여자의 기침은 그치지 않았다.

"에미야."

남자들이 보이지 않을 즈음, 기침 때문에 겨우 몇 걸음을 떼는데 아래에서 누군가가 여자를 불렀다. 돌아보니 짐 보따리를 든 웬 할머니였다.

여자가 할머니에게 손을 들어 아는 체했다.

"엄마!"

"엄마!"

여자의 집으로 가자 한 아이가 달려 나왔다. 여자아이였다.

"학주야!"

여자가 두 팔을 벌리며 앉자 아이가 달려와 여자 품에 와락 안겼다. 신발도 신지 않은 채 방에서 날다시피 마당으로 달려온 아이는 대여섯 살 정도 됐을까? 사진 속 아이가 떠올랐다. 나는 아이 얼굴을 보려고 고개를 기울였다. 그러나 아이는 내 쪽은 쳐다도 안 보고 제 엄마 품에 얼굴을 비볐다.

"학주, 잘 있었어? 밥은 먹었고?"

여자의 말에 아이는 제 엄마 품으로 더 파고들었다.

학주. 나는 아이의 이름을 되뇌었다.

"근데 잰 누구야?"

방에서 한 아줌마가 나오며 나를 봤다. 눈두덩을 새파랗게 칠하고 입술은 땅콩 색으로 두껍게 화장한 나이 든 아줌마였다.

그사이 마당 수도에서 손을 씻던 할머니가 말했다.

"학주 에미랑 같은 공장에 다니는 앤데 진호 엄마, 재한테 음료수 한 잔만 줘요."

할머니는 진호 엄마라는 아줌마에게 내가 여자를 도와줬다고 소개했다.

골목 앞에서 만난 할머니는 묻지도 않고 나를 여자와 같은 공장에 다니는 직원으로 알았다. 다짜고짜 나에게 짐을 맡기더니 따라오라며 자신은 여자를 부축했다.

"꼴이 이게 뭐니? 다리는 또 왜 절고? 애 보내고 너도 살 생각을 하라니까 말도 징그럽게 안 듣지. 너도 힘들지만 나도 죽겠다. 이렇게 한 번씩 나오려면 네 아버지 눈치가 얼마나 보이는 줄 알아? 아유, 그놈의 기침!"

골목 끝에 있는 집에 오는 내내 할머니 잔소리는 그치지 않았다. 그런 중에도 여자는 계속 기침했다.

아줌마가 날 보며 말했다.

"난, 또. 누가 보면 학주 엄마의 조카라도 되는 줄 알겠어요. 둘이 닮았네. 그런데 아직 턱살에 아기 티가 나는구먼, 쪼그만 게 벌써 공장엘 다녀? 어디 야간 중학교라도 다니는 거야?"

아줌마 말에 여자가 웃으며 일어섰다.

"그게 아니고 얘, 미국서 온 교포예요. 올림픽 보러 왔대요. 이름이 리리랬지?"

여자가 나를 봤다.

"그러고 보니 연속극에서도 미국 사는 애가 리리던데, 미국에선 흔한 이름인가 보다."

"미국?"

아줌마가 못 믿겠다는 얼굴을 했다.

할머니도 나를 봤다.

"이름이 리리가 뭐야, 장난감도 아니고. 그런데 얘, 어디서 본 거 같긴 해. 내가 얘 엄마랑 안면이 있던가?"

"이거 봐 봐!"

갑자기 학주가 소리쳤다. 그사이 방으로 올라간 학주가 보란 듯 빙글빙글 돌더니,

"안 돼!"

아줌마가 소리치는 것과 동시에,

"난다!"

하며 방을 다다다 달려 마당으로 휙 날았다. 갈고닦은 필살기를 모두에게 보여 주겠다는 야심에 찬 얼굴이었다.

"Don't!(그만!)"

"학주야!"

여자와 내가 동시에 소리치며 학주에게 달려갔다. 콩! 학주를 안으며 나는 여자와 머리를 부딪쳤다.

까르르!

제 엄마와 내가 박치기한 모습에 학주가 웃음을 터트렸다. 머리가 아팠지만 나는 그제야 학주를 제대로 봤다. 정면으로 나를 보며 웃는 아이.

너였구나! 사진 속 그 아이.

"계세요?"

그때 대문이 열리며 누군가 들어왔다. 검은색 서류 가방을 든 안경 쓴 여자였다.

"송 선생!"

아줌마가 안경 쓴 여자를 반겼다. 할머니도 고개를 끄덕여 아는체했다.

송 선생이 미소 지으며 학주에게 다가왔다.

"네가 학주구나! 예쁘게 생겼네."

나는 정말 과거로 온 걸까?

마루 벽에 걸린 달력을 보니 1988년 9월 21일.

내가 방인 줄 알았던 학주가 달려 나온 곳은 방이 아니라 바닥에 나무가 깔린 비좁은 마루였다. 달력은 마루에 놓인 알뿌리가 반쯤 드러난 화분 위에 걸려 있었다. 하루하루 날짜를 뜯어내는 방식인 달력에 '21'이라는 커다란 숫자가 보였고, 숫자를 중심으로 'OCT(10월, October)'라는 알파벳 표기와 '1988'이란 글자가 있었다. 내가 사는 미국보다 십 년 하고도 오 일 앞선 날이었다. 나는 덜컥 겁이 났다. 과거에서 빠져나가지 못하면 어쩌지? 과거로 오고 싶었으나 막상 이루어졌다고 생각하자 걱정이 앞섰다. 나에겐 돌아갈 타임머신도 없는데.

내가 온 집은 여자의 집이 아니라 아줌마 집이었다. 여자는 일하기 위해 공장 근처에 사는 아줌마에게 돈을 주고 학주를 맡긴 거였다. 할머니도 다른 곳에 살았으며 여자와 함께 송 선생을 만나러 온 거였다.

아줌마네는 마당에 욕실이 있는 집으로 수도 옆 기둥에 칫솔꽂이와 손거울, 빗이 걸려 있었다. 수도 아래 진흙색 고무통에는 물이 가득 담겼고 물 위로 주황색 바가지가 떠 있었다. 방은 마루 안쪽에 있는데 여자와 할머니, 아줌마와 송 선생은 그곳에 들어가 앉았다.

"어른들 얘기할 동안 넌 학주 좀 보거라."

방으로 들어가던 할머니가 내게 말했다. 내 사정은 묻지도 않는 할머니 모습에 여자가 괜찮겠냐는 얼굴로 나를 봤다. 나는 괜찮다는 뜻으로 고개를 끄덕였고 마당에 남아 학주를 봤다.

"해피, 해피!"

마루에 걸터앉아 아줌마가 준 주스를 홀짝일 동안, 학주는 해피를 부르며 마당을 뛰어다녔다. 해피라는 개는 밖에서 놀다 온 모양으로 학주와 놀면서도 한 번씩 나에게 와 꼬리를 흔들었다. 낯을 가리지 않는 해피는 누렁이 잡종이었다.

방에서 아줌마 소리가 났다.

"저번에도 말했지만 송 선생은 유명한 복지사 출신이셔."

나에게 등을 돌리고 앉은 여자 옆으로 송 선생의 옆모습이 보였다. 목까지 덮는 꽉 끼는 검정 옷을 입은 송 선생은 나이를 가늠키 어려운 얼굴이었다. 아줌마는 송 선생이 국가기관에서 일하다가 얼마 전에 개인 입양단체에 스카우트되었다고 소개했다. 입양이란 말에 나는 귀가 솔깃했다.

아줌마가 말했다.

"학주 엄마 같은 미혼모가 많아지니 입양 사업이 커져서, 요즘 우리 송 선생이 얼마나 바쁜지 몰라."

쿨럭쿨럭. 여자가 다시 기침을 시작했다.

할머니가 한숨을 쉬었다.

"몸도 약하면서 왜 애는 낳아서는."

"엄마! 학주 들어요."

여자가 낮지만 강하게 말했다.

"내 말이 틀려? 네 아버지 보기에도 창피해 죽겠다."

"새아버지 말 좀 그만하고요. 쿨럭쿨럭!"

"곧 죽어도 큰소리는. 결혼도 안 하고 애 낳은 게 자랑인가 보다."

아줌마가 끼어들었다.

"아유, 송 선생도 오셨는데 왜들 이래요."

송 선생이 할머니 손을 잡았다.

"많이 힘드시죠?"

예의 바르고 따스한 송 선생의 말투에 할머니 목소리가 금세 나긋해졌다.

"힘들다마다요. 학주 아비라는 사람은 대학생이나 되면서 자식은 나 몰라라 하고 호적에도 안 올려 주니, 애가 제 아비 성도 못 따르고 엄마 성을 붙였잖아요. 친할머니라는 사람도 나처럼 남의집살이하는 형편이라 돈 한 푼 못 보태고. 그러니 학주 에미 혼자 애를 키워야 하는데 얼마나 힘든지요. 내가 봐 줄 형편도 못 되고."

아줌마가 말했다.

"실은 학주 할머니가 재혼하셨어요. 그런데 새로 결혼하신 양반이, 그러니까 학주 외할아버지 되시는 분이 성질이 괄괄한 데다 어찌나 구두쇤지 형편이 여의찮아요. 아이 아빠도 뒤늦게 공부하는 만학도라……."

"그래서 제가 온 겁니다. 저를 학주 이모라 생각하시고 맡겨 주세요."

송 선생의 말에 아줌마가 말을 이었다.

"아유, 안 그래도 학주 엄마가 의지할 곳이 없어요. 공장 일이 2교대, 3교대에 야근이다 잔업이다 바쁜데 한 푼이라도 벌려면 잠도 줄여야 해서 그 뭐야, 타이밍이라고 잠 안 오는 약까지 먹어요. 그러믄 뭐 해요. 변변한 셋방 한 칸 없이 여태 기숙사 신세인데. 나한테 학주 양육비 주면 로션값도 안 남을걸요? 그렇지, 학주 엄마?"

여자는 뭔가를 생각하느라 답이 없더니 잠시 뒤, 할머니에게 말했다.

"엄마, 그러지 말고 지난번에 말했듯 수술비 좀 구해 줘요.

공장에서 월급만 받아도 이러지 않는데……. 돈은 수술하면 벌어서 꼭 갚을게요. 밀린 월급 받으면 학주 양육비도 낼 수 있고 아는 언니 식당에 일자리도 부탁해 놨어요. 이번만 도와주면 학주 내가 키울 수 있……, 쿨럭쿨럭."

아줌마가 말했다.

"또 이런다. 학주 엄마, 지금 도와준다고 해도 앞으론 어떻게 살 건데? 학주 입양 보내고 송 선생에게 돈 받으면 그 돈으로 수술해. 더 미룰 수도 없잖아. 내가 애들 키워 봐서 아는데 요즘 애들 열댓 살만 돼도 제 생활이 바빠서 엄마 안 찾아. 그럼, 지금부터 키워 봤자 십여 년인데 그때까지만 참으면 돼. 학주야 이 담에 커서 다시 만나면 되지. 시간 나면 쪽잠 자느라 얼굴 한 번 못 보러 오면서 왜 욕심을 부려?"

나에게 등을 돌리고 앉은 여자는 기침하느라 계속 어깨를 들썩였다.

아줌마가 말을 이었다.

"전적으로 수술 때문에 애 입양 보내는 건 아니지만, 요는, 앞으로 애를 어떻게 키우냐는 거지. 방 한 칸도 없이. 답이 없어. 막막하다니까."

할머니가 말했다.

"송 선생, 우리 학주 미국 가면 잘 먹고 잘 입고 호강하겠죠? 대학도 가고요?"

"그럼요. 요즘 학주 말고도 해외 입양 가는 아이 정말 많아요. 학주 엄마도 생각이 많으시겠지만, 자식을 품에 두는 것만이 사랑이 아닙니다. 사랑을 핑계로 자식을 방치하는 건 아닌지 생각해 보세요. 직접 전화해서 자기 자식 미국에 보내 달라는 엄마도 있어요. 그 사람들이 제 자식 사랑하지 않아서겠어요? 다 해외 입양이 그만큼 좋다는 거 알고 그러는 겁니다."

아줌마도 말했다.

"텔레비전에도 나오잖아. 해외 입양 간 애들이 하바드도 가고 변호사도 되는 거. 수영장 딸린 집에서도 살고. 좀 좋아? 학주 엄마, 그만 뜸 들이고 학주 미국 보내자."

"It's a lie! Don't say anything you don't know.(거짓말! 모르는 소리 말아요.)"

내가 일어서며 소리쳤다.

송 선생이 고개를 돌려 나를 봤다.

아줌마도 비죽 고개를 내밀었다.

"재, 뭐라는 거야?"

"니들은 저리 가서 놀아라!"

할머니가 엄한 소리로 말했다.

나는 한 걸음 뒤로 물러났다.

"근데 재 진짜 교포인가 보네. 지금 영어로 말한 거지? 하여간, 그건 그렇고."

아줌마가 대수롭지 않다는 듯 다시 고개를 돌리며 말했다.

"학주 엄마도 알지? 나, 달러 장사하다가 애들 봐 주는 거. 이 일 아무나 하는 거 아니다. 아이를 좋아해야 하는 거지. 돈도 벌고 좋은 일 하자는 차원에서 애들 봐 주는 건데, 아이들 키우다 보니 키우는 게 다가 아니더라. 책임을 져야지. 남들은 나더러 입양 브로커라고 수군대지만 난 이 일에 보람을 느껴. 부모 없는 애들 책임지고 키워 줄 인연 만들어 주는 게 보통 일인 줄 알아?"

"전 못 해요. 학주 보낼 수 없어요."

여자 말에 할머니가 또 소리를 높였다.

"못 보내면? 제대로 키우지도 못하면서 어쩔 건데? 여기서 학주 키우면 대학은커녕 고등학교 졸업도 힘들어. 너처럼 공장

다니며 야간이나 다니겠지. 그리고 당장에 너, 진호 엄마가 학주 안 봐 주면 어떡할 건데? 나도 못 키우고. 그러면 고아원에 맡기는 수밖에 더 있어? 그러느니 입양 보내. 진호 엄마나 되니까 싸게 애 봐 주는 거지, 다른 데는 네 벌이론 어림도 없어. 처음에 진호 엄마에게 애 맡긴 것도 값이 싸서였잖아?"

송 선생이 손을 들어 할머니를 말렸다.

"아닙니다. 학주 어머니 말이 맞아요. 누가 뭐래도 아이는 엄마가 키우는 게 가장 좋지요. 하지만 형편이 안 될 땐 다른 방법을 찾아야 하는데, 다른 방법 중 최선은 해외 입양입니다. 학주 엄마보다 형편 좋은 사람도 입양 보내는 경우가 많거든요."

아줌마도 말했다.

"학주 엄마, 학주라는 이름 왜 지었어? 배울 학, 학주. 학주만큼은 엄마 닮지 말고 대학도 가고 공부 많이 하라고 지었다며? 그러니까 보내. 여기서 영어 배우느라 고생하느니 미국 가서 배운다고 생각해. 생각하기 나름이라고 학주 유학 보낸 셈 치면 되잖아. 해외 유학! 길게 말할 필요 없이 딱 한 가지만 생각해. 학주의 미래, 재!"

아줌마가 손을 뻗어 나를 가리켰다.

"재 봐. 아깐 꼬질꼬질하니 안쓰럽더니 영어 쓰니까 사람이 확 달라 보이잖아. 똑똑하고 어딘지 빠다 냄새나는 거같이 고급스럽고."

송 선생이 고개를 돌려 또 나를 봤다.

쿨럭쿨럭. 여자는 여전히 기침만 했다.

"이거!"

그때 학주가 달려와 나에게 무언가를 내밀었다. 포장지에 연두색 포도가 그려진 사탕이었다. 볼 가득 사탕을 문 학주에게서 바람 냄새와 함께 달콤한 사탕 향이 풍겼다. 내가 사탕을 받자 학주가 주머니에서 또 사탕을 꺼내 마루로 올랐다.

"엄마."

학주가 방으로 가 제 엄마에게도 사탕을 건네자 여자가 학주를 으스러지게 안았다. 제 엄마 품에 안긴 학주가 여자의 어깨 너머로 나를 봤다. 방긋, 미소 짓는 학주. 나는 처음부터 참았던 말을 했다.

"Are you, me?(네가, 나니?)"

여자가 다시 기침했다. 나는 학주 말을 따라 했다.

'엄-마-.'

학주가 나에게 손을 흔들었다.

나는 엄마에게 소리쳤다.

"Please, don't give Hak Ju up for adoption!(학주를 입양 보내지 말아 주세요!)"

그러나 빛이 일고 빛이 퍼지는 가운데 내 소리는 진공이 되어 사라졌다.

4. 배변 봉투

1998년 9월 26일. 아침. 미국.

"리리, 리리!"

어렴풋이 들리는 소리에 헉! 하고 눈을 뜨자 앞에 마틴이 있었다.

"누나, 학교 안 가?"

나는 얼떨떨한 채로 주위를 둘러봤다. 책상과 옷가지, 침대, 벽에 걸린 포스터 등……. 나는 내 방에 와 있었다.

어떻게 된 거지? 축대와 올림픽, 마당이 있는 집. 아디도스를 입은 여자와 학주라는 아이…….

“다 꿈인가?”

“꿈 아닌데.”

마틴이 시계를 가리켰다. 나는 멍하니 시계 쪽으로 고개를 돌렸다.

……!

퍼뜩 정신이 들었다. 지각!

부랴부랴 일어나 어질러진 물건을 생존 가방에 담았다. 황당한 꿈을 꾸느라 늦잠을 자다니! 담임에게 꾸중만 듣게 생겼다.

“근데 누나 왜 바닥에서 잤어? 밤에 어디 갔다 왔어?”

마틴의 말에 대답할 사이도 없이 나는 방을 나섰다. 부스럭! 층계를 두어 걸음 내려가는데 오른쪽 바지 주머니에서 소리가 났다. 너무 작아서 들린다기보단 느껴지는 소리였다. 나는 주머니에 손을 넣었다. 조그맣고 단단한 무언가가 만져졌다. 꺼내 보니 포장지에 연두색 포도가 그려진 사탕이었다!

유에프오(U.F.O.)를 탄 외계인이 나타나 우주 전쟁이 일어나고, 알고 보니 사람의 조상은 물고기였다는 사실보다 내게 사탕 한 알은 굉장한 사건이었다.

블랙홀, 대폭발, 역현상…….

담임은 수업 후 지각에 대한 해명이 필요하다고 했지만, 종이 울리자 나는 교실을 빠져나와 컴퓨터실로 향했다. 컴퓨터실 구석에 앉아 시간 여행에 대해 검색을 하는데 어려운 말뿐이었다. 한국 입양에 대해서도 검색했지만 전쟁이나 고아, 혼혈아 등 일반적인 내용이었고 대성 일렉트로닉스는 검색되지 않았다.

여자는 어디가 아픈 걸까? 수술비만 있으면 학주를 입양 보내지 않는 걸까? 여자가 내 출산인이 맞긴 한 걸까? 머리가 복잡했다. 비행기 속 장면과 1988년 아줌마 집. 나는 어떻게 과거로 간 거지? 그곳에 간 건 사실일까? 한식집 전단이나 나무 저금통처럼 사탕도 어딘가에서 받은 사은품이었나? 내가 깜박 잊은 것일 뿐, 거저 얻은 사탕이 꿈에 나타나 학주라는 아이가 준 사탕으로 둔갑한 건가?

"리리!"

그때 나를 부르는 소리가 났다. 돌아보니 정이었다.

"여기 있었구나! 한참 찾아다녔네."

"어, 엉……."

나는 엉거주춤 일어나며 몸으로 화면을 가렸다.

"이거 주려고 네 교실에 갔었어."

정이 나에게 신문을 내밀었다. 자신이 자원봉사 한다는 입양 사무소의 소식지였다.

"오늘 나온 따끈따끈한 건데 너한테 제일 먼저 주는 거다."

정이 말하며 환하게 웃었다.

나와 같은 한국인 입양아로 동갑인 남자아이 정. 정은 서양인의 모습을 한, 붉은 기가 도는 갈색 머리에 흰 피부의 혼혈아인데 훤칠한 외모 덕인지 전학 온 지 두 달밖에 되지 않았지만 벌써 여자아이들에게 인기가 많았다. 웃을 때마다 한쪽 입꼬리가 올라가며 오른쪽 보조개가 살짝 들어가는 얼굴. 그게 매력인가? 지나가는 여자아이들이 정과 나를 흘끗거렸다.

"저번에도 말했듯이 한국에도 배포되는 건데 꼭 봐 봐. 구독자 수도 많고, 그래서 말인데……."

정이 말하다가 내 눈치를 살폈다.

"그때 말한 인터뷰는 생각해 봤니?"

"인터뷰?"

나는 난처해졌다.

사실 정이 날 찾아온 건 인터뷰 때문이었다. 장래 희망으로 기자가 되고 싶다는 정은 한국인 입양아의 모국 방문을 기획하는 사무소에서 봉사 활동을 하는데, 그곳 소식지에 실을 인터뷰를 나에게 해 달라는 거였다. 나의 미국 생활 같은 걸 말해 달라는 건데.

"글쎄……."

나는 내키지 않았다. 내가 입양아라는 사실을 광고하고 싶은 마음도 없었고 사진까지 찍어야 한다니, 상상만으로도 창피했다. 전학 온 지 얼마 되지 않은 잘 모르는 아이의 뜬금없는 부탁이기도 했다.

'처음부터 딱 잘라 거절해야 했는데.'

며칠 전, 대충 바쁘다고 둘러댔더니 정이 또 찾아온 거였다. 핑계를 대면 더는 부탁하지 않을 줄 알았는데, 눈치가 없는 애인가?

정이 말했다.

"이번 주가 마감인데 인터뷰 좀 해 주라. 잔심부름만 하다가 처음으로 맡아 쓰는 기사란 말이야. 네가 해 주면 딱인데."

넉살이 좋은 건가? 정은 친한 사이인 양 스스럼이 없었다. 처음 나를 찾아온 날도 그랬다.

"같은 한국 출신이 있다기에 당장 달려온 거야. 반갑다!"

정은 입양에 대해서도 당당했다.

"여기 부모님이 잘해 주시고 행복한데도 가끔 난, 내가 누군지 모르겠어. 그래서 봉사 활동도 시작한 거야. 여기 사는 우리는 자신을 알려고 해도 정보가 너무 없어. 다른 나라에서 온 아이들은 자기 생모랑 연락도 하고 양모랑 생모랑 의견도 교환하는데. 이상하게 우린 한국과 단절된 기분이야."

나야말로 한국에 대한 기억이 없다고 하자 정은 맞장구치기도 했다.

"나도 마치 그 시절이 없었던 것처럼 깜깜해. 뭔가 이상하지 않니? 물론 넌 기억을 잃었다지만……. 하여간 난 여기 엄마가 좋아. 다른 엄마는 생각할 수도 없어. 한국 엄마가 찾아와도 남 같을걸. 그래도 한 번쯤은 돌아가고 싶어. 어쨌든 입양은 내 뜻이 아니었으니까."

돌아갈 곳이 있다는 건 어떤 기분일까?

텔레비전 입양 프로그램에도 출연했다는 정은 그 뒤로 무언가 실수를 하면 은혜도 모르는 입양아란 소리를 들을 것 같아, 자꾸 착한 척 자신을 꾸미게 됐단다. 그러다 보니 어느 순간 자신이 실험용 쥐인 기니피그처럼 느껴져 스스로 별명도 '기니피그'라고 지었다 한다. 처음에 나는 정이 인터뷰 건수를 올리려고 친한 척하는 건가 싶었는데 어느새 스스럼없는 정의 넋두리에 빠져들었다.

"어! 한국 입양에 대해 검색했구나?"

어느 순간, 정이 컴퓨터 화면을 가리켰다.

아차! 나는 얼른 몸을 바로 세워 화면을 가렸다. 비밀일기를 들킨 것처럼 내 얼굴이 금세 발개졌다.

"이런 거라면 우리 사무실에 와. 나랑 친한 기자가 있는데 꽁지머리 아저씨라고, 그분이 입양 전문가거든. 궁금한 게 있으면 뭐든 알려 주실 거야. 입양에 대해선 완전 박사셔!"

그때였다.

"분위기 조으네!"

뒤에서 소리가 나기에 돌아보니 제니퍼가 다가오고 있었다.

후유. 나는 얼른 컴퓨터를 껐다. 제니퍼는 나를 먹잇감으로 아는 아이. 이럴 땐 피하는 게 나았다.

"왜, 벌써 가시게?"

제니퍼가 나를 막아섰다. 패거리라 불리는 제 친구들과 다가

온 제니퍼는 정과 나를 번갈아 가리키며 손가락을 까닥였다.

"낄리끼리."

끼리끼리 어울린다는 말이다. 턱 수술을 받은 제니퍼는 발음이 정확하지 않았다.

나는 제니퍼와 눈이 마주쳤다. 시드와 똑같은 제니퍼의 갈색 눈. 제니퍼의 쌍둥이 남동생 시드는 나와 같은 반이었다. 시드는 친절한 편이지만 나는 그 애에게 전혀 관심이 없었다. 그런데 조별 과제를 한 다음에 내가 시드와 사귄다는 소문이 났다. 제니퍼의 심술이 시작된 건 그때부터였다.

소문이 난 다음 날 내 등에 종이가 붙었다.

똥색.

제니퍼였다. 아이들이 킥킥거리는 소리를 듣고서야 나는 알아채고 종이를 뗐다.

"내 피부에 대해 이런 표현은 삼가 줘."

내 말에 제니퍼가 말했다.

"우이가 좀 심했나?"

제니퍼는 내 말을 순순히 받아들이는 듯했다. 그러나 내가 뭘 모른 거였다. 다음 날 종이는 또 붙었다.

배변.

이번에는 내 등은 물론 사물함과 가방, 책상, 식판에까지 종이가 붙었다. 떼어 내면 다시 붙이고 떼어 내면 더 많이 붙이고.

제니퍼가 말했다.

“어때, 이제 좀 만조케? 고상한 표현으로 바꿨는데.”

제니퍼가 제 패거리에게도 말했다.

“얜 내가 무식쟁인 줄 알았나 봐.”

패거리 중 한 아이가 말했다.

“근데 배변보단 배변 봉투가 낫지 않을까? 얘 몸 전체가 똥덩어리니까.”

제니퍼가 말했다.

“오, 느낌 있는데!”

그 뒤, 내 별명은 배변 봉투가 됐다.

뭔가가 특별하다는 건 다른 아이들로 하여금 자연스레 골려 주고 싶은 마음을 일으킨다는 걸 안다. 그러나 정 앞에서만은 ‘배변 봉투’라는 소리를 듣고 싶지 않았다. 정이 내 별명을 안다고 해도 말이다.

“비켜 줄래.”

정이 제니퍼 앞으로 나섰다.

"오오!"

제니퍼와 아이들이 나와 정을 향해 놀리는 소릴 냈다.

"비켜 달라니까."

정이 다시 말한 순간, 나는 제니퍼를 스쳐 문으로 향했다.

'정, 봤지? 이게 내 미국 생활이야. 그러니 다신 인터뷰 같은 거 부탁하지 마!'

나는 걸음을 빨리했다.

제니퍼가 큰 소리로 불렀다.

"어딜 토끼시나? 배버어언, 보오옹투!"

5. 손

1998년 9월 29일. 미국.

인터뷰를 해 한국의 엄마를 찾아볼까?

'학주'라는 이름과 '대성 일렉트로닉스'를 단서로 엄마를 찾을 수도 있을 것 같았다. 격월로 발행되는 소식지는 지금 인터뷰를 한다 해도 차례를 기다려 육 개월 뒤에나 기사가 실릴 예정이라고 했다.

그러나 나는 정을 찾아가지 못했다. 정 앞에서 들은 '배변 봉투'라는 별명. 끔찍했다. 그 생각만 하면 현실감이 들며 내가 겪은 일이 모두 꿈인 게 깨우쳐졌다. 이상한 사진을 줍고, 환상을 보고, 빰을 맞고, 생존 가방을 짓밟히고 파양 선고를 받은, 하루에 그 모든 일을 겪은 아이가 꿀 법한 황당한 꿈. 그 황당한 꿈에서 사진 속 아이가 학주라는 이름의 나로 둔갑한 거였다. 그런 꿈을 근거로 엄마를 찾겠다니, 그거야말로 황당한 일이었다. 정이 나를 정말 이상한 아이로 볼지도 몰랐다.

밑져야 본전이란 말이 있긴 했다. 정말 내가 시간 여행을 갔다 치고 엄마를 찾아봐도 될 것이다. 그러나 그 기대가 물거품이 된다면? 뒤늦게야 꿈인 걸 알고 한 가닥 품었던 희망마저 무너진다면? 그 결과에 대한 상실과 상처를 이제 난 더는 견딜 수 없었다.

제니퍼 일 때문인가? 정도 더는 나를 찾아오지 않았다.

며칠 사이 나는 서랍들을 뒤졌다. 집 어딘가에 입양서류란 게 있을지도 몰랐다. 서류에 한국에서의 내 이름이나 엄마에 관한 정보가 있지 않을까? 나는 내 방뿐 아니라 아빠와 제니가 없는 틈에 집 안의 서랍이란 서랍은 모두 뒤졌다. 그동안은 입양서류에 관심이 없었는데 내 한국 이름이라도 확인하고 싶었다. 아니, 이제 나에 관한 건 어떤 것이라도 알고 싶었다. '배변 활동 원활함.'이라든가 '자기 이름을 부르면 알아듣는다.' 등의 일반적인 기록 사항이라도 간절히 보고 싶었다. 하지만 계단 아래 창고는 물론 거실 창 아래에 아빠가 쌓아 놓은 쓰레기 더미까지 서류가 있을 만한 곳을 모두 뒤져도 입양에 관한 건 나오지 않았다. 미국 엄마에게 물어보려고도 했으나 여전히 통화가 되지 않았다. 그러다 어느 순간, 나는 내 입양서류가 어디에도 없다는 걸 깨달았다.

엄마는 나를 완전한 미국 아이로 키우길 원했다. '한국'이나 '입양'이란 말은 금지였고 입양모임에도 나가지 않았다. 아빠가 지은 '리리'라는 이름도 엄마는 한국답다며 싫어했다. 어렸을 적 한국에서 생긴 내 무릎 상처조차 엄마는 지우고 싶어 했다. 그러니 집에 내 입양서류가 없는 것도 무리는 아니었다. 엄마가 남겨둘 리 없으니 말이다.

며칠 사이, 집 안은 살얼음판을 걷는 듯했다. 아빠가 몰래 흡입하던 환각성 약품이 제니에게 발각된 것이다. 제니는 아빠를 반강제로 중독 치료 센터에 데려갔다. 그런데 소변 검사에서 아빠가 자신의 소변을 다른 사람과 바꿔치기한 게 들통이 났다. 집에 돌아온 제니는 망신스럽다며 화를 냈고 아빠는 낄낄거렸다. 그 뒤, 제니는 밤에 자주 들어오지 않았고 아빠는 술에 취해 살았다. 나는 로타 할미가 소개해 준 슈퍼마켓에서 가격표 붙이는 일을 하며 틈틈이 마틴을 돌봤다.

밤 12시가 넘은 시간. 창밖은 새벽 달빛으로 가득했다. 눈이 내릴 계절이 아니란 걸 알면서도 달빛이 내려앉은 세상은 눈이 온 것만 같았다. 언젠가 나는 달빛을 눈으로 착각해 실제로 밖으로 나간 적이 있었다. 그때 나는 달빛인 줄 알면서도 손으로 눈처럼 퍼 보고서야 속았다는 걸 깨달았다. 지금도 그런 걸까? 학주와 엄마와 사탕. 모든 게 거짓인 줄 알면서도 달빛의 눈처럼 나는 또 속는 걸까?

마틴을 재우다가 깜빡 잠들었다 깨서 내 방에 올라왔을 때였다. 등교 시간을 줄이기 위해 가방을 미리 싸 두는데 책상 위에 대충 던져둔 소식지가 눈에 들어왔다. 소식지 '입양아 쉼터' 칸에 실린 한국의 맛집 사진이었다. 신기했다. 사진에는 맛집 주인으로 보이는 아줌마가 탁자에 앉아 있는데 아줌마 팔꿈치 옆으로 내 생일 저금통과 똑같은 저금통이 보였다. 탁자 위에는 여러 가지 소품이 아기자기하게 놓였고 그중 맨 앞에 생일 저금통이 있었다. 작은 크기지만 나는 한눈에 저금통을 알아봤다.

언젠가, 사진 속 수십 명의 유치원생 가운데 손톱보다 작게 나온 로타의 얼굴을 한눈에 찾은 할미처럼 저금통도 꽂히듯 내 눈에 들어왔다.

한국에서도 똑같은 사은품을 주나? 풋!

나는 소식지를 접어 책꽂이에 꽂아 두었다. 그리고 스웨터 아래에서 주운 사진을 꺼냈다. 그동안 집에 오면 곯아떨어지기 바빠 생각만 하다 보지 못했는데…….

어?

이상했다. 침대에 누워 사진을 보는데 처음보다 흐려 보였다. 사진 속 아이가 약간 희미해졌달까? 나는 일어나 불빛 가까이에 사진을 다시 비춰 보았다.

사진?

그때 어떤 생각이 스쳤다. 그러고 보니 비행기에 갈 때도 1988년 한국에 갈 때도 나는 모두 사진을 보고 있었다.

혹시……?

서로 다른 시공간을 잇는 통로인 웜홀. 그 통로가 이 사진인가? 나를 가리키는 듯 뻗은 학주의 손.

손?

나는 내 손을 봤다.

손과 손!

찌릿하며 전기가 통하듯, 내 머리에 한 가지 생각이 선명하게 떠올랐다. 시간의 끝과 끝이 맞닿은 곳에 구멍을 내듯, 학주 손과 내 손이 맞닿아 통로를 만든다? 그럴 수도 있다는 생각이 들었다. 사진을 만지더라도 내 손이 학주 손이나 몸에 닿지 않으면 아무 일도 없는 거였다. 다른 때 사진을 봤어도 아무 일이 일어나지 않는 건 그 때문이었다.

나는 생존 가방을 메고 침대에 올라앉았다. 가슴이 떨렸다. 내가 겪은 일이 꿈이 아니라 진짜 시간 여행이라면 확인이 필요했다. 나는 마음을 가라앉히려고 애쓰며 사진 속 학주의 검지에 천천히 내 검지를 갖다 댔다. 누군가 악수하자고 손을 내밀면 나도 따라 손을 내미는 것처럼.

하나, 둘, 셋…….

빛이 일었다.

6. 술래

1988년 9월 29일. 한국.

"여깄다!"

몇 발짝 떨어진 곳에서 학주가 나를 보고 반겼다. 숨바꼭질하다가 술래를 찾은 듯 신난 얼굴이었다.

"Hak Ju!(학주야!)"

나도 반가웠다.

과거로 오는 열쇠, 사진이 맞았다!

학주가 있는 곳은 아줌마 집 마당. 손전등을 켜 마루의 달력을 보니 1988년 9월 29일. 내가 있던 미국의 날짜와 하루도 어긋나지 않는 딱 십 년 전 새벽이었다.

“Aren't you scared of being alone? Where is your mom?(혼자 무섭지 않아? 너희 엄마는 어디 갔어?)”

나도 모르게 영어가 나왔다. 나는 아차 하며 지난번 들었던 학주의 말을 떠올렸다.

“엄-마-?”

“엄마 없어. 엄마 금방 와.”

“Were you waiting for your mom?(엄마 기다리고 있었어?)”

대책 없이 자꾸 영어가 나왔다.

학주가 나를 빤히 봤다.

“말, 못해?”

풋! 웃음이 났다. 영어를 쓰니 학주는 내가 말을 못 하는 줄 아는 모양이었다.

“Sorry, I don't speak Korean. I…….(미안, 한국말은 몰라. 나는…….)”

자꾸 튀어나오는 영어에 나는 다시 입을 다물었다.

“학주야, 쉬 했으면 들어 와야지.”

안에서 졸음에 겨운 아줌마 소리가 들렸다.

“응.”

“네, 해야지.”

“응.”

아줌마는 끙, 뒤척이는 소릴 내더니 다시 잠잠해졌다.

쉿! 학주가 나를 보며 제 손가락을 입술에 댔다.

쉿! 나도 내 손가락을 입술에 댔다.

히히! 학주가 웃었다.

쿡! 나도 웃었다.

저만치서 해피가 고개를 들어 우리를 봤다. 잠에 겨운지 예의상 꼬리를 두어 번 흔들더니 해피는 다시 제 앞발에 머리를 묻었다. 달빛 가득한 마당에는 똑똑 떨어지는 수돗물 소리뿐, 오롯이 학주와 나만의 시간이었다. 훤한 달빛에 그동안 볼 수 없었던 학주의 모습이 보였다. 찬 기운에 발개진 뺨과 약간은 삐뚤삐뚤한 앞머리, 통통한 아기 입술과 또랑또랑한 눈빛.

“아, 예쁘다.”

학주가 내 볼을 쓰다듬으며 말했다.

풋! 도리어 나를 예쁘다고 하는 학주 말에 나는 또 웃음이 나

는데,

"코끼리!"

하고 학주가 내 가방끈에 달린 인형을 가리켰다.

"코, 끼, 리?"

나는 학주의 말을 따라 하며 인형을 떼어 학주에게 주었다. 학주가 '나 주는 거야?'라는 듯 눈을 동그랗게 떴다. 그러더니 내가 고개를 끄덕이자 함박웃음을 지었다.

'그건 수호천사야. 널 지켜 줄 거야.'

나는 학주에게 내 마음을 전하고 싶었다.

학주가 보답이나 하듯 마루 끝에 놓인 종이를 들어 보였다.

"이건, 비행기!"

학주가 손에 든 종이를 보여 주었다. 자랑하듯 보여 주는 비행기는 학주가 접은 것인지, 아무 모양 없이 접은 것에 가까웠다.

"이거 봐 봐!"

학주가 마루로 올라가더니 마당을 향해 보란 듯 비행기를 날렸다.

"휘이잉!"

그때였다. '휘이잉!' 하는 학주의 소리가 이중으로 들렸다. 환청이었다. 환청과 함께 어릴 적 내 모습이 눈앞에 펼쳐졌다.

어린 나는 비행기가 떨어진 대문 쪽 화단으로 달렸다.

나는 놀라 학주를 봤다. 학주도 어릴 적의 나처럼 화단으로 뛰었다. 마당, 해피, 물이 똑똑 떨어지는 수도! 모든 게 똑같았다.

어린 나는 신나게 달려가다가 수돗가 모서리에 걸려 곤두박질쳤다. 시멘트 모서리에 무릎이 파였다. 순식간의 일이었다. 너무 아파 소리도 내지 못하던 어린 나는 얼마간 시간이 흐르고서야 울음을 터트렸다. 오른쪽 무릎에서 피가 흘렀다. 엄마! 나는 소리치며 울었다. 해피가 다가오고 방에서 아줌마가 허둥지둥 달려 나왔다. 속살이 비치는 아줌마의 펑퍼짐한 잠옷 바지, 달빛 아래 그 흰색이 선명했다.

"Hak Ju!(학주야!)"

나는 학주에게로 뛰었다. 곧 학주가 넘어질 걸 알았다. 미국 엄마가 지우고 싶어 하던 내 무릎의 상처는 이렇게 생긴 거였다.

"Hak Ju!(학주야!)"

학주가 수돗가 모퉁이를 지나는 사이, 나는 몸을 날려 학주를 안고 뒹굴었다. 몰캉하며 학주의 감촉이 느껴졌다.

"Are you O.K.?(괜찮아?)"

바닥으로 깔린 나는 고개를 들어 학주를 봤다. 내 품에 안긴 학주가 방긋 웃었다. 아슬아슬해서 재밌다는 얼굴. 학주는 넘어지지 않았다. 나는 학주를 더 세게 끌어안았다.

여깄다!

꼭꼭 숨은 술래를 찾은 기분. 진짜 나를 찾았다!

7. 과거로 가는 규칙

1998년 9월 29일. 미국.

눈을 뜨니 내 방이었다. 새벽 3시가 넘은 시간이었고, 생존 가방을 멘 채로 나는 현재로 돌아와 잠을 자고 있었다.

……헉!

나도 모르게 탄성이 나왔다. 개봉박두! 하는 마음으로 일어나 오른쪽 바지를 걷으니 정말 내 무릎의 상처가 보이지 않았다. 어린 나는 높은 곳에서도 겁 없이 뛰어내리길 즐겼을 거라며, 로타네 할미가 '그 정도면 왈가닥 숙녀였을 거'라던 상처가 감쪽같이 사라진 것이다. 나는 너무도 믿기지 않아 종아리와 허벅지 반대편 다리까지 살폈지만, 상처는 어디에도 없었다.

과거가 바뀌면 현재도 바뀐다!

나는 일어나 책상으로 가 앉았다. 이쯤이면 정리가 필요했다.

〈과거로 가는 규칙〉

생존일지를 펼친 나는 맨 위에 제목을 쓰고 그동안 알아낸 것들을 써 내려갔다.

규칙 1. 사진 속 학주 손에 내 손이 닿으면 과거로 간다.

지금까지 과거로 간 건 모두 세 번. 처음으로 간 곳은 비행기 안이었다. 그 시간을 떠올리며 나는 그때처럼 사진을 잡아 보았다. 그날 나는 무심코 사진 모서리를 잡았을 것이다. 사진 속 얼룩이 자꾸 신경 쓰였고, 얼룩을 없애려 손끝으로 사진을 문질렀다. 그 과정에서 내 손이 학주 손에 닿았을 것이다. 축대로 갔을 때도 나는 사진을 손에 쥐고 잠이 들었다. 그때도 내 손이 학주 손에 닿았을 것이다. 느낌으로, 내 손이 학주 손에 닿아 몇 초간 멈춰야 빛이 일며 나는 과거로 가는 것 같았다.

Hak Ju

나는 진짜 내 이름을 써 보았다. '엄마 닮지 말고 대학도 가고 공부 많이 하라.'며 지었다는 이름……. 풋! 웃음이 났다. 이름에 공부라는 뜻을 담다니, 한국인들은 정말 교육열이 강한 모양이었다. 그러나 이름과 달리 개구쟁이인 학주. 마당에서 학주를 안고 넘어지자 아줌마가 나오는 소리가 들렸고, 학주는 야단맞을세라 마루로 쪼르르 올라갔다. 그러면서 아줌마에게 들키면 혼나니 어서 가라는 듯 나에게 손을 흔들었다. 그렇게 나는 다시 현재로 왔다.

규칙 2. 학주가 내게 손을 흔들면 빛이 일고 나는 현재로 온다. 빛이 일 때 내 몸은 흐려지고 현재에서 잠을 자다 깨어난다. 과거의 시간은 현재로부터 십 년 전.

십 년 전이지만 도착한 날은 모두 다르다. 축대 위에서 엄마를 만난 날은 현재 날짜보다 오 일 전이고, 방금 다녀온 건 미국과 같은 날짜다. 처음 비행기로 갔을 때는 미국으로 입양되어 올 때라 추측되니 세 달여를 훌쩍 넘은 시간이다. 현재 날짜를 기준으로 할 때 세 번 모두 도착한 날이 다르다. 여기에도 어떤 규칙이 숨어 있는 걸까?

규칙 3. 과거는 9월 말. 내 생일이 12월이니 입양 가는 날까지 세 달여가 남았다.

컴퓨터로 검색해 보니 아이가 입양기관에 들어가면 절차상 일 년 정도가 지나야 입양을 간단다. 그에 비해 나는 세 달 만에 빨리 입양된 셈이다. 왜일까?

규칙 4. 몸에 멘 가방을 그대로 과거로 가져가고 학주가 준 사탕을 현재로 가져왔으니, 물건을 가져가거나 가져올 수 있다.

학주가 준 사탕은 생존 가방에 넣어 간직했다. 엄마 기침에 좋은 목 캔디도 사야겠다.

규칙 5. 과거에 다녀올 때마다 사진이 흐려진다.

가장 중요한 규칙이다. 사진이 보이지 않으면 과거로 가는 길도 끊길 것이기 때문이다. 조금 전, 학주를 만나고 오자 사진은 더 흐려졌다. 이번에는 흐려진 정도가 눈에 띄게 확실했다. 그에 비해 얼룩은 좀 더 진해 보였다. 피사체가 흐려지니 얼룩이 더 두드러져 보이는 건가? 학주 모습이 흐려진 정도로 보아 과거로 갈 기회는 앞으로 두 번? 세 번까지는……, 글쎄다.

남은 두 번의 기회에 나는 무얼 해야 할까? 학주가 나라고 증명된 이상 목표는 하나! 나는 학주의 입양을 막을 것이다. 과거에서 학주가 넘어진 걸 막으니 현재의 상처도 사라졌다. 마찬가지로 학주의 입양을 막으면 아빠를 만난 일도 사라질 것이다. 매 맞을 걱정과 놀림, 버려질 두려움도 없을 것이다. 미국서 겪었던 모든 일은 사라지고 내 기억은 새 삶으로 채워질 것이다. 중요한 건, 엄마가 나를 버리지 않았다는 사실이다. 수술비만 있으면 엄마는 나를 키울 수 있다고 했다. 수술비는 얼마일까? 엄마가 수술받지 못하면……!

나는 멈칫했다.

방금 다녀온 과거에 학주는 있고 엄마는 없었다.

엄마는 어디로 간 걸까?

공장 기숙사에서 지낸다지만, 도망쳐 나온 엄마가 다시 공장에 가진 않았을 것이다. 새벽에 엄마를 기다리던 학주. 부모 없는 아이……. 고아? 섬뜩했다. 엄마가 수술받지 못해서 죽은 건가? 그래서 내가 빨리 입양된 것이고? 추측이지만 그래야 세 달 만에 입양된 게 설명될 것 같았다. 그렇다면 인터뷰를 해 엄마를 찾는다고 해도 현재에 엄마는 없다. 엄마는 과거에만 있다?

나는 서둘러 외투를 입었다. 새벽 5시. 모든 건 과장된 추측일 수 있었다. 그래도 확인해야 했다. 과거로 가 엄마를 만나야 마음이 놓일 것 같았다. 나는 사진을 들고 다시 침대로 올랐다.

그때 문이 빼꼼 열렸다.

"여깄네!"

아빠였다.

나는 본능적으로 침대에서 내려왔다.

아빠가 방으로 들어오며 말했다.

"못 찾을 줄 알았지? 그사이 내가 모르는 데라도 다녀온 거야?"

움푹 들어간 쌍꺼풀과 검게 칠한 아이라이너, 밀랍 같은 눈동자, 머리카락이 빠지기 시작할 때쯤 새겨 넣기 시작한 문신, 홀랑 뒤집어진 채 밖으로 처진 바지 주머니까지. 아빠는 정상으로 보이지 않았다.

"그거 이리 줘 봐."

아빠가 내 손에 든 사진을 가리켰다. 나는 얼른 사진을 가방에 넣었다.

"뭘 그래? 네 미래라도 달린 물건인가 봐?"

아빠가 다가왔다.

제니는 들어왔을까? 제니에게 도와달라고 소리치고 싶지만, 아빠와 나 사이에 끼어들지 않는 게 제니의 규칙. 내가 부르면 언젠가처럼 짜증 난다며 또 집을 나갈지도 몰랐다. 제니가 없으면 아빠는 화만 더 낼 터였다.

"이리 줘 보라니까."

아빠가 손을 내밀며 다가온 순간, 나는 아빠를 밀쳤다. 그때였다.

"제니이이!"

아빠가 소리쳤다.

"제발 가지 마! 제니."

아래층으로 가려던 나는 주춤했다.

"제니, 도대체 누굴 만나는 거야? 그 사진 속 놈팡이야?"

아빠가 머리를 부여잡으며 울상을 지었다. 어딘가를 헤매는 것처럼 멍한 아빠의 눈빛. 저런 눈빛을 본 적 있었다. 밤이면 지저분한 이불을 옆구리에 끼고 길거리에서 소리를 지르는 사람들. 약물 중독자였다.

언젠가 할미가 말했다.

"약쟁이들 눈에는 내 소개소가 불쏘시개로 보이나 봐."

환각제를 먹은 사람이 할미의 소개소에 불을 질렀을 때였다.

아빠 눈에는 내가 제니로 보이는 걸까? 요즘 따라 외출이 잦아진 제니는 또 돌아오지 않은 모양이었다.

"가지 마, 제니."

아빠의 진도는 예측할 수 없었다. 나를 싫어하는가 싶으면 어느새 매를 들었고, 엄마를 그리워하는가 싶더니 어느새 여자친구들을 데려왔다. 아빠 눈빛이 이상하다 싶으니 제니와 나를 구별 못 할 정도로 약물에 중독되어 버렸다.

"제니!"

비틀거리는가 싶더니 아빠가 나에게 달려들었다. 나는 잽싸게 몸을 돌렸다. 순간, 윽! 책상 모서리에 옆구리를 부딪치고 말았다. 아프단 말도 못 할 정도로 아팠다. 그사이 아빠가 다가와 내 턱을 치켜들었다.

"……너였구나! 누렁이 잡종."

아빠 얼굴에 섬뜩한 미소가 번졌다. 나는 책상에 있는 책을 들어 아빠 얼굴을 밀쳤다. 옆구리가 결렸지만, 책에 맞아 아빠가 비틀거리는 사이 아래층으로 내려갔다.

"거기 서!"

아빠가 소리쳤다.

아래층으로 오자 거실 가운데에 마틴이 잠이 덜 깬 얼굴로 서 있었다.

"누나, 엄마는?"

우당탕하며 아빠가 내려오는 소리가 들렸다. 나는 마틴의 손을 잡고 밖으로 달렸다.

"제니!"

아빠 소리가 울렸다.

로타네 할미 소개소의 열쇠는 밖에 있는 철제 계단 오른쪽, 헐거워진 두 번째 계단살 아래에 있었다. 몇 달 전, 등과 가슴에 자국이 남도록 아빠에게 매를 맞은 날 나는 한밤중에 할미네 소개소로 도망을 왔다. 그날 나는 소개소 뒤쪽 벽에 쌓아 둔 잡동사니 포장 옆에 웅크려 앉아 밤을 새웠다. 이른 아침 출근길에 나를 본 할미는 멍 자국과 밤이슬에 절은 내 모습에 말을 잇지 못했다. 그 일이 있은 뒤로 할미는 나와 둘만 아는 장소에 열쇠를 넣어 두었다.

"언제든지 이리로 오렴."

그날 할미는 내게 연고를 발라 주며 눈물을 흘렸다. 아빠가 나에게 해코지할 것이 걱정돼 경찰에 신고도 못 한다는 할미. 그런 할미를 보며 나는 할미가 나를 위탁해 주길 바랐다.

그러나 할미는 가난했다. 인력시장이라고 불리는 할미의 사설 직업소개소는 정부의 식품 지원을 받는 아이 엄마나 갈 곳 없는 노인, 나 같은 미성년자가 주로 오는 곳이었다. 내가 일자리를 구해 달라고 하면, 할미는 한숨을 쉬며 정작 일을 해야 할 사람은 자기 남동생들이라고 했다. 할미에게는 나이 든 남동생이 셋 있는데 할미 말로는 '하나같이 먹고 노는 데 도가 튼 위인들'이었다. 남동생들은 누구라도 자기 가족을 건드리면 복수하고 마는 다혈질이었다. 그래서인지 마을에서는 누구도 할미를 함부로 하지 못했다. 그러나 할미는 자신을 가장 힘들게 하는 사람은 정작 자기 동생들이라고 했다.

할미는 관절염도 심했다. 콜라가 든 젖병을 물고 있던 로타를 로타 엄마로부터 데려와 키운 뒤로 할미의 관절염은 더 심해졌다. 몸무게가 100킬로그램이 넘는 할미가 어린 로타를 키우는 건 쉽지 않았다. 그런 할미에게 나까지 짐이 될 수는 없었다.

"리리, 넌 밉지 않아. 뿌연 영사기로 보면 세상이 뿌옇게 보이듯, 마음을 닦고 스스로를 봐야 한다. 그렇게 보면 네가 얼마나 이쁜 줄 아니? 사진기의 렌즈를 닦듯 너에 대한 생각을 걷어 내고 진짜 네 모습을 보렴. 넌 너무나도 사랑스러워. 너를 버리지 말아야 할 사람은 바로 너란다."

학교에서 놀림 받고 온 날이면 할미는 나를 그렇게 위로하고는 했다. 그럴 때마다 나는 입을 비죽였지만, 마음은 금세 따뜻해졌다. 한국 음식과 한국말 등을 내가 알아 가길 권하며, 할미는 내가 기억해야 할 고향이 있다는 것도 일깨워 주었다. 그런 할미야말로 내가 꼭 기억해야 할 사람이었다.

톡, 톡! 소개소에 들어오자 창에서 빗소리가 났다.

소개소로 오는 길. 장신구 가게에 들러 제니에게 마틴을 맡겼다. '허접한 장신구 가게'라 불리는 제니의 친구 집이었다.

"마틴을 혼자 두고 다니지 마요. 내가 못 봐 줄 수도 있어요."

내 말에 마틴도 제 엄마에게 일렀다.

"아저씨가 또 꽥꽥거렸어."

제니는 말없이 고개를 끄덕였다. 그 시간에 나타난 내 몰골을 보고 무슨 일인지 알겠다는 눈치였다. 가게에서 강아지가 꼬리치자 마틴은 달려 들어갔다. '너도 들어올래?' 그런 말을 기대하며 나는 제니를 봤다. 엄마를 찾았는데 알고 보니 엄마가 죽었을 수도 있는 상황에 처한 아이에게는 5분이라도 함께할 누군가가 필요했다.

그러나 제니가 말했다.

"빨리 가지 뭐 해? 비 올 거 같은데. 너 줄 우산은 없다."

쏴! 빗소리는 더 커졌다. 나는 할미의 무릎 담요를 뭉쳐 가슴에 꼭 끌어안았다. 좁지만 커튼 뒤로 버너와 작은 냉장고가 있는 소개소 안은 아늑했다.

언젠가 할미 부탁으로 소개소를 봐 줄 때, 이런 작은 가게에서 엄마와 단둘이 사는 상상을 했다. 하는 일이라고는 엄마 옆에서 숙제하거나 창에 놓은 화분에 물을 주는 것뿐이지만 상상은 즐거웠다. 상상 속에서 나는 엄마를 대신해 주문을 받고 전화도 받았다. 상상 속 엄마가 어떤 얼굴인지 가게는 식당일지 문구점일지 확실치 않지만, 상상은 끊이지 않았다. 할미가 로타에게 줄 수프를 냄비째로 들고 올 때면 나는 엄마가 나를 위해 수프를 끓이는 상상도 했다. 내가 할 수 있는 최고로 행복한 상상이었다.

이제 과거로 가야 할 시간. 나는 할미의 목 캔디 몇 개를 가방에 넣은 뒤 사진을 향해 손을 뻗었다.

8. 노 터치!

1988년 9월 29일. 한국.

선물 가게에서 물건을 훔친 적이 있었다. 접이식 칼을 가지고 다니는 레이시라는 아이가 시킨 일이었다. 가게에 들어간 나는 주인아줌마가 고개를 돌린 사이, 손에 잡히는 대로 물건 하나를 슬쩍했다. 나와서 보니 로건이라는 쌍팔년도 가수 얼굴이 그려진 이어폰 케이스였다. 나는 훔친 물건을 레이시에게 바쳐야 했지만, 곧바로 시궁창에 던져 버렸다. 그 뒤, 자신이 전학을 갈 때까지 두 달 내내 레이시는 더욱 나를 괴롭혔다.

여기가 어디지?

과거로 와 고개를 드니 나는 웬 공원에 와 있었다. 회색 건물도 축대도 없는 처음 보는 곳으로 엄마와 학주는 물론, 아줌마와 할머니도 보이지 않았다. 공원 의자에 몇몇 노인이 앉아 있으나 모두 모르는 사람일 뿐.

길을 잃은 걸까? 나는 두리번거리며 내가 아는 조그마한 것이라도 찾기 위해 걸음을 옮겼다. 잠시 뒤, 희미하게 어떤 소리가 들렸다. 아는 소리가 아니면 들리지 않을 만큼 작은 노랫소리였다. 나는 천천히 소리를 따라갔다. 그러자 공원과 이어진 샛길 입구 의자에서 한 남자가 카세트에서 나오는 노래를 따라 부르고 있는 모습이 보였다.

The owner grandfather was blind.

He kept blinking.

once, twice…….

(주인 할아버지는 눈이 어두웠어요.

자꾸만 눈을 깜박거렸죠.

한 번, 두 번…….)

노래 가사가 정확하게 들리는 건 아니지만 나는 알 수 있었다. 노래하고는 좀체 거리가 먼 아빠가 유일하게 흥얼거리던 로건의 노래였다.

once, twice, three times
Everyone had to party…….
(한 번, 두 번, 세 번
모두 파티를 해야 했지만…….)

남자는 잡지를 둘둘 말아 자신의 손을 두드리며 박자를 맞췄는데, 반곱슬머리에 눈에 띄게 머리가 큰 사람이었다.

"학주 아빠!"

그때 샛길에서 한 여자가 뛰다시피 걸어 나오며 남자를 불렀다. 엄마였다!

나는 화들짝 놀라 나무 뒤로 숨었다.

남자가 벌떡 일어서며 엄마에게 소리쳤다.

"야, 임인애! 그렇게 부르지 말라니까."

머리와 어깨 크기에 비해 키가 작은 남자는 선 모습이 전체적으로 정사각형 느낌이었다.

남자가 질색하며 엄마에게 말했다.

"다 끝난 마당에 왜 자꾸 학주 아빠라고 불러?"

"다 끝났는데 사람은 왜 불러내?"

"네 엄마가 울 엄마한테 또 전화했어. 돈 달라고. 어유, 그놈의 돈!"

"몰랐어. 쿨럭쿨럭……! 엄마도 답답해서 그랬을 거야. 학주가…… 쿨럭."

"학주, 학주, 그놈의 학주! 제발 나 좀 건드리지 말라니까! 우리 엄마, 남의 집에서 가정부 하면서 나 대학 보냈어. 나 이제 취직해야 하고 취직 준비만으로도 머리가 터져. 그런데 왜 자꾸 애 핑계로 돈타령이야? 학주가 네 돈줄이라도 돼?"

쿨럭쿨럭……. 그사이 더 말라 보이는 엄마는 기침 때문에 아무 말도 하지 못했다.

남자가 말을 이었다.

"아이를 마음대로 낳은 건 너야. 책임진다고 한 것도 너고. 처음부터 수준 차이 나는 여자랑 만나는 게 아니었는데, 아우, 친구 새끼 따라갔다가 너 만나서. 정말이지 시간을 되돌리고 싶다."

생부라는 사람. 그동안 나는 생부에 대해서는 생각해 본 적이 거의 없었다. 보고 싶다는 말이 무색할 정도로 관심조차 없었다.

나는 공원 의자로 가서 생존일지를 꺼내 빈 종이를 찢었다.

'시간은 이미 되돌려졌어, 왕재수 양반!'

생부를 본 느낌은, 뭐랄까? 커다란 곰 인형이 '내가 네 아빠야.'라고 말해 오는 느낌? 나도 인사 정도는 해야 할 것 같았다. 나는 찢어 낸 종이 두 장을 테이프로 이어 붙인 뒤 'Don't touch me.(나를 건드리지 마세요.)'라는 뜻의 말을 장난스레 적었다. 그리고 남자 뒤로 가,

"……정말이지 지긋지긋하다. 제발 날 좀 건드리지 말라고!"

하고 남자가 투덜거리는 사이, 툭! 일부러 부딪히는 척하면서 남자 등에 종이를 붙였다.

"뭐야?"

남자가 욱하며 뒤돌아 나를 노려봤다.

"Sorry.(미안.)"

내가 말하자,

"너……!"
하고 엄마가 날 보며 놀란 얼굴을 했다.

나는 엄마에게 웃어 보이고는 남자에게 말했다.

"As you said, time has been turned back. That's why I'm here. But you don't know anything. You don't even know that it's not me who's sick of it, but that old-fashioned song you're singing. That song is as bad as your English pronunciation. As hopeless as you are.(당신 말대로 시간은 되돌려졌어. 그래서 내가 왔지. 그렇지만 당신은 아무것도 몰라. 지긋지긋한 건 내가 아니라 당신이 부르는 그 구닥다리 노래란 것도 모르지. 당신의 영어 발음처럼 구린 그 노래. 당신처럼 구제 불능이지.)"

"뭐래?"

남자는 어이없어하며 손가락으로 엄마와 나를 가리켰다.

"아는 사이야?"

내가 말했다.

"Don't you get what I'm saying? You and I are acquainted. So, don't act like an old man with bad eyesight and greet me in nonsense English.(모르겠어? 나 당신하고도 아는 사이야. 그러니 눈이 어두운 노인처럼 그렇게 끔벅이지만 말고 어디 인사라도 해 봐. 그 닐리리 뽕짝 같은 영어로.)"

남자가 코웃음을 쳤다.

"별게 다. 뭐라고 지껄이는 거야?"

그때 엄마가 남자 앞으로 나섰다.

"꺼지라잖아!"

"뭐?"

"영어 못 알아듣니? 꺼지라고."

"허 참. 얘네는 뭐 합동으로 닐리리 뽕짝 부르스야, 뭐야."

남자가 공원 의자에 있던 《팝송으로 배우는 영어 회화》라는 잡지와 카세트를 들었다.

"하여간 다시는 연락하지……."

"꺼져!"

엄마가 팔을 뻗어 큰길을 가리켰다.

남자가 어물거리며 큰길로 향했다. 남자의 등에 붙은 글자가 보였다.

NO TOUCH!

쿡! 엄마가 웃었다. 웃음소리에 남자가 흘끔 돌아봤다. 그러느라 마주 오던 모르는 여자와 몸이 스쳤다. 여자가 기분 나쁜 얼굴로 남자를 째려봤다. 그 눈길에 남자는 허둥거리며 빠르게 공원을 빠져나갔다. 그제야 여자가 남자 등에 붙은 글을 봤다. 쿡!

여자와 나란히 걷던 다른 여자도 남자의 등을 봤다. 풋!

"제 몸은 노 터치라며 왜 남의 몸엔 스쳐? 느끼하게."

"변태 새끼!"

여자들이 키득거리며 지나갔다.

나는 멀어져 가는 남자를 봤다.

'당신 말대로 나는 당신을 건드리지 않아. 모른 체 할 거야. 그렇지만 당신이 신을 필요로 할 때, 신은 당신을 모른 체 하지 않기를 바랄게.'

투둑, 빗방울이 떨어졌다.

"널 여기서 볼 줄 몰랐어! 친구네 집에 놀러 온 거니? 아니면 친척 집?"

엄마는 할 말이 많아 보였다.

엄마를 따라간 곳은 샛길로 들어서자마자 있는 할머니 집. 출입문에 분홍색 뜨개 커튼이 달린 집이었다.

"안 그래도 지난번에 그냥 가서 서운했는데."

비가 오자 엄마는 나를 커튼 안으로 데리고 들어갔다.

커튼 안은 프라이팬과 냄비 따위가 있는 걸로 보아 부엌 같은데, 두어 사람이 들어가면 꽉 찰 만큼 비좁았다. 바닥에는 수도꼭지와 앉은뱅이 의자가 있고 그 옆으로 신발이 어지럽게 놓여 있었다. 구멍이 숭숭 난 뜨개 커튼 밖은 사람이 지나는 길이었고 수도 옆에 비누와 세제가 있는 걸로 보아 부엌은 출입구 겸 욕실, 세탁실도 되는 모양이었다.

"이런 집 처음 와 보지? 방은 창이 없어 답답하니까 우선, 여기에 앉자."

엄마가 앉은뱅이 의자를 건네며 말했다.

"잘됐다. 시간 되면 학주랑 같이 밥 먹자. 오늘 학주 생일이거든."

엄마는 마침 자신의 새아버지가 집을 비워, 학주의 생일을 보내기 위해 할머니 집에 온 거라고 했다.

"할머니는 학주 데리러 가셨어. 곧 아줌마랑 도착할 거야."

여전히 아디도스 티셔츠에 나이스 운동화를 신은 엄마는 쪼그려 앉으니 아이처럼 작아 보였다. 하지만 손을 뻗으면 만질 수 있는 엄마. 그 사실이 너무도 기적 같아 나는 미국에서의 삶이 꿈이고, 꿈을 꾸다가 지금 깨어난 건 아닐까 하는 생각이 들었다.

'살아 있어 줘서 고마워요, 엄마. 그리고 날 태어나게 해 줘서 고마워요!'

나는 내 삶에서 누리지 못한 것들이 이 좁은 부엌에 다 있는 듯한 느낌이었다.

'엄마, 꼭 수술받으세요.'

내가 서둘러 엄마에게 그런 말을 하려던 참이었다.

"젠장맞을 비가 왜 이리 퍼부어? 돌도 자라겠네."

채 입을 떼기도 전에 할머니가 뜨개 커튼을 사납게 열어젖혔다.

곧이어 학주를 업은 아줌마도 들어왔다.

"우산도 안 씌워 주고 먼저 가시면 어떡해요? 학주네 사정

봐줄 만큼 봐줬는데 왜 그렇게 역정을 내세요?"

엄마가 얼른 일어나 학주를 받아 안았다. 학주는 아줌마 등에서 잠들어 있었다.

"앤, 여기까지 또 왔네?"

아줌마가 옷에 묻은 빗물을 털며 나를 흘끔 봤다. 그러고는 대수롭지 않은 듯, 나를 보는 둥 마는 둥 하고 방으로 들어가 버린 할머니를 따라 안으로 들어갔다. 엄마도 학주를 안고 방으로 들어가며 말했다.

"여기서 잠깐만 기다려 줘."

곧 안에서 할머니 소리가 났다.

"진호 엄마, 봐주는 김에 조금만 더 봐줘. 인제 와서 애를 못 맡아 준다면 어떻게 해? 사정 다 알면서 어쩌라고?"

나는 커튼을 살짝 들췄다. 방문 앞에도 출입문처럼 뜨개 커튼이 있는데, 안을 들여다보자 아줌마가 나에게 등을 돌린 채 앉았고 맞은편에는 할머니가 살짝 보였다. 엄마는 잘 보이지 않았다. 나는 방문 앞 벽에 몸을 최대한 붙이고 다시 안을 봤다. 그러자 거의 일직선으로 어두컴컴한 방 끝에 앉은 엄마가 보였다. 학주는 엄마 옆에 잠들어 있었다.

아줌마가 말했다.

"말했잖아요. 입양이 간단한 문제도 아니고 모두 단계가 있어요. 그거 다 준비해 놨는데 인제 와서 애를 못 보낸다니, 내 신용만 땅에 떨어졌다구요."

"애를 못 보낸다는 게 아니라……."

"사무실에 사정해서 학주 엄마 수술비 200만 원도 받아 주기로 했는데 이게 뭐예요? 애는 보내지 않고 그렇다고 키우는 것도 아니고. 나한테만 맡겨 놓으니 내가 무슨 자선 사업가인 줄 아세요?"

아줌마 소리가 날카로웠다.

"그러게. 학주 에미야, 너 하나 때문에 모두 고생이다. 나도 누가 일거리 채 가기 전에 건물 청소 나가야 한단 말이야. 이렇게 네 뒤치다꺼리할 시간이 없어. 그러니 얼른 애 보내자."

할머니 말에 그제야 엄마 소리가 들렸다.

"학주 들어요. 나중에 얘기해요."

"지금 애 듣는 게 대수야? 학주 아비는 만나 보기는 했어?"

"그쪽에선 연락도 하지 말래요. 처음부터 모른 척 했잖아요. 그러니 엄마가 한 번만 더 도와줘요. 이번만 도와주면 저 정말 잘 살게요. 수술비 200만 원만 해 주면……. 콜록."

엄마가 기침을 참으며 말을 이었다.

"나 열두 살 때 엄마가 날 친척 집에 맡기고 재혼했잖아요. 콜록콜록. 그때 부모와 사는 친구가 얼마나 부러웠는지 몰라요. 이번 위기만 넘기면 돈 벌어서 나도 학주랑 잘 살고 싶어요. 콜록. 손수 맛있는 것도 해 주고, 많이 마주 보고, 많이 웃게 하면서 학주랑 그렇게 살고 싶어요. 그러니 제발, 쿨럭쿨럭……."

"너, 학주 낳을 때도 알아서 한 댔지? 그런데 이게 뭐야? 수술도 그렇지만 앞으로 어떻게 살려고? 왜 똑같은 말을 자꾸 하니? 200만 원이 어딨어? 하나 남은 금반지 팔아먹은 것도 모자라 이제 이 에미 금이빨도 빼 주랴? 반지 너 준 거 아버지가 알면 나 죽어."

아줌마도 말했다.

"학주 엄마만 결정하면 모두가 편한데 왜 이래? 가장 힘든 건 학주야. 오늘만 해도 생일이라고 변변히 미역국도 못 끓여 주면서 어린 걸 오라, 가라. 아이 앞길 막지 말고 좋은 데 보내 줘. 그게 엄마 노릇이야!"

아줌마가 일어섰다.

"아무튼, 딱 일주일 줄 테니 결정해! 아무 때나 입양이 쉬운 줄 알아? 일주일 지나면 입양 보내고 싶어도 못 보내! 애도 더는 못 봐 줘."

아줌마가 찬바람을 일으키며 부엌으로 나왔다. 나는 얼른 반대편 벽으로 물러섰다.

이번에도 아줌마는 대수롭지 않게 나를 한번 흘겨보고는 밖으로 나갔다.

잠시 뒤, 할머니 한숨 소리가 들렸다.

"아이고! 하늘도 무심하시네. 아이 친할미라는 사람은 돈 좀 부탁해도 모르는 체하고 하늘은 비만 내리시고. 비 말고 돈 200만 원이나 내려 주시지!"

쿨럭쿨럭. 엄마는 또 기침했고 그사이 비는 더 세차게 쏟아졌다.

나는 가방에 모아 둔 비상금을 꺼냈다. 125달러. 목 캔디와 함께 엄마에게 돈을 주기 위해 고개를 드는데, 언제 나온 것일까? 학주가 방문턱에 서서 내게 손을 흔들었다.

"안녕."

"No, Hak Ju!(안 돼, 학주야!)"

과거로 가는 규칙 2. 학주가 손을 흔들면 나는 현재로 돌아가야 한다.

나는 학주를 말리려 돈을 다시 가방에 넣고 손을 뻗었다. 휘청! 그러나 급히 발을 내딛느라 걸음을 헛디뎠다. 겨우 균형을 잡았지만, 그사이 내 손은 흐려지고 있었다. 나는 다시 힘껏 손을 뻗어 학주를 잡았다. 그러자 내 손은 학주를 그대로 통과해 버렸다. 다시 돈을 쥐려고 했지만, 돈도 목 캔디도 그대로 통과해 버렸다.

과거로 오는 또 하나의 규칙.

빛이 일기 전에 손에 잡은 물건은 놓치지 않지만, 학주가 손을 흔들고 빛이 일면 나는 어떤 것도 잡을 수 없었다.

학주도 돈도 목 캔디도 모두 나에게 말했다.

'노 터치!'

그러나 나는 물러서지 않았다.

'약속해요, 엄마. 내가 수술비 꼭 가져올게요!'

그때 할머니가 소릴 질렀다.

"에미야! 애가 왜 이래? ……얘, 인애야! 임인애!"

빛이 퍼진 가운데 쓰러진 엄마가 보였다. 엄마 입가에 피가 흐르고 할머니 소리가 희미하게 전해졌다.

9. 전 재산

1998년 9월 29일. 미국.

2,600달러. 검색해 본 바로 1988년도 한국 돈 200만 원은 미국 돈으로 2,600달러 정도라고 한다. 그러나 현재 1998년 한국은 IMF(아이엠에프, 국제통화기금인 'International Monetary Fund'의 약자. 국가부도 위기에 처한 한국 정부가 IMF로부터 자금을 지원받는 양해각서를 체결한 일을 말하며, 기간은 1997년 12월 3일부터 2001년 8월 23일까지였다.)라 돈의 가치가 떨어져 1,500달러 정도만 있으면 된단다. 즉, 돈을 구해 환전해서 1988년으로 가면 1,500달러가 필요하고, 환전하지 않으면 2,600달러가 필요하

단 말이다. 환전만 해도 900달러가 줄어들지만 내겐 1,500이나 2,600이나 큰돈인 건 마찬가지였다.

나의 전 재산은 130달러. 아침에 할미 소개소에서 깨어난 나는 학교도 결석한 채 돈을 벌고 왔다. 나를 보고 놀란 할미에게 사정을 말할 사이도 없이 조르고 졸라 약속이 취소된 일자리를 얻은 것이다. 그렇게 슈퍼마켓 창고에서 다섯 시간 동안 일하고 번 돈은 오 달러. 지금껏 내가 받은 일당 중 최고지만, 가방 안의 돈과 합해도 엄마 수술비로는 어림없었다.

입양아를 돕는 후원금이 있지 않을까?

생각 끝에 나는 소식지에 적힌 주소를 통해 정이 일하는 사무소로 찾아갔다.

소식지에 후원금 모금에 관한 내용이 있었다. 후원금은 정부나 후원단체가 사무소를 지원해 주는 것이지만, 입양아에게도 도움을 주는 것이 있을지 몰랐다. 학교에서 정을 찾아가 묻고 싶었지만 용기가 나지 않았다. 학교도 결석했고 인터뷰도 거절한 마당에 돈 이야기를 하려니 염치가 없었다.

"환영한다!"

사무소에 가자 꽁지머리 아저씨가 나를 반겼다. 정이 말한 아저씨를 찾는 건 어렵지 않았다. 비좁은 사무소에는 달랑 아저씨와 자원봉사자로 보이는 남자 고등학생뿐이었다. 정은 취재 나가고 없었다. 나는 정과 같은 학교에 다닌다며 나를 소개했다.

"네가 리리구나? 어쩐지 척 보니 그럴 것 같더라. 하하!"

아저씨가 호탕하게 웃었다. 삼십 대 후반으로 보이는 아저씨는 에단이란 이름의 한국 사람이었다.

"그래, 이제 인터뷰하기로 결정한 거니?"

아저씨는 내가 마음이 바뀌어 정이 제안한 인터뷰를 하러 온 줄 알았다.

나는 어정쩡한 미소만 지었다.

'인터뷰를 하면 돈을 주는지부터 물어볼까? 아니면 입양아를 돕는 프로그램이 있는지 물어봐야 하나?'

처음 보는 아저씨에게 돈 이야기를 하려니 입이 떨어지지 않았다. 어쩌다 고등학생과 눈이 마주치자 더 눈치가 보였다. 나는 정을 기다리는 척하며 일단 아저씨가 권해 준 자리에 앉았다.

사무실은 방 하나에 모든 걸 갖추려는 듯 청소용품과 잡지걸이대, 작은 책상 여러 개와 인쇄기가 있었다. 그중 가장 눈에 띄는 건 방을 빙 둘러놓은 키 낮은 철제 서랍장과 그 위에 빼곡히 쌓인 서류였다.

아저씨도 의자를 당기며 내 앞에 앉았다.

"그래, 너도 정과 같은 해에 입양되어 온 거니?"

아저씨 말로 정은 1990년에 입양되어 왔다고 한다.

"전 1988년 12월 24일에 왔어요. 한국 나이로 다섯 살요."

"1988년!"

아저씨 눈이 커졌다.

"이거 인연인걸. 내가 1988년도 입양을 취재 중이거든……. 이 사진!"

뜬금없다 싶을 만큼 아저씨가 웬 사진을 불쑥 내밀었다.

어! 나는 놀랐다. 사진 속 장면은 내가 비행기 안으로 시간 여행을 갔을 때 보았던 상자 속 아기들의 모습과 흡사했다. 배경이 다르고 60년대 흑백사진이라는 것만 빼면 내가 본 장면과 거의 비슷했다. 줄 맞춰져 바닥에 놓인 상자와 아기들 손목이나 발목에 두른 흰 띠…….

아저씨가 말했다.

"이 사진은 일명, '아기 비행기'란다. 한국이 전쟁고아를 해외로 보내기 위해 50년대에 만들었다가 70년대에 없앤 전세기지. 비행기 좌석을 뜯어내고 그 자리에 이렇게 상자를 놓은 거야. 아기를 많이 태우기 위해서. 비행기에 탈 때는 아기 한 명당 보호자가 한 명씩은 있어야 하는데 보호자는 몇 안 타고 애만 많이 보낸 거지. 이때 비행기가 높이 날면 기압 때문에 아기들이 호흡 곤란을 겪고는 했는데, 낮으면 낮은 대로 난기류가 심해 비행기가 흔들리고, 아기들은 토하고. 몸이 약한 아기는 오랜 비행시간을 견디지 못하기도 했어."

난 내 귀가 의심스러웠다. 난기류에 비행기가 흔들리고 아기들이 토하고. 내가 본 장면을 아저씨가 말하니 무언가에 홀린 것 같은 기분이었다.

"그 비행기 안에서의 아무도 몰랐던 열네 시간의 기록. 내가 꼭 기사로 쓰고 싶은 거란다. 경제성장을 이룬 80년대에 어떻게 그렇게 많은 아기를 보낼 수 있었는지, 해외 입양이 최선이라는 분위기 뒤에는 뭐가 있었는지, 입양 수수료를 얼마나 챙겼고 아기를 돌보는 데 써야 할 복지비를 어디에 썼는지. 모두 밝히고 싶단다."

아저씨는 누가 말을 걸어 주길 기다린 사람처럼 입양에 대해서 할 말이 많아 보였다.

"70년대에 이 비행기는 사라졌단다. 아기 수출국이라는 비난의 소리가 높았거든. 그런데 1988년에 다시 운항이 됐다는 거야. 그래서 지금 이 사진도 네게 보여 주는 거고. 일명, 88년 크리스마스 작전! 양부모에게 크리스마스 선물로 아기를 안기려던 이벤트인데 그러느라 무리해서 아기를 많이 보낸 거지. 아기 전세기도 다시 띄우고. 그렇지만 소문일 뿐 모든 건 암암리에 이뤄졌고 관련 자료도 없어. 나도 80년대 미혼모 입양실태를 조사하다가 우연히 알게 된 거란다. 그런데 네가 1988년 크리스마스에 입양을 왔다니 이거 인연이다. 생각나는 게 있음 뭐든 말해 주렴."

아저씨는 흥분을 감추지 못했다. 그런 아저씨 모습에 긴장이 풀리며 나도 그동안 궁금했던 게 튀어나왔다.

"제가 입양되어 오던 해에 미혼모 아이가 많았나요?"

"그럼, 입양아의 칠십 프로가 미혼모 아이들이었어. 저길 봐라. 미혼모 자료만도 저렇게 많아. 모두 한국서 구해 온 자료들이야."

아저씨가 빼곡히 꽂힌 서류와 한쪽 벽에 쌓인 컴퓨터 디스켓 케이스를 가리켰다.

"요즘은 입양 보낸 부모들이 자식을 찾기 위해 서로 모임도 만들고, 소식을 전하게 해 달라며 적극적으로 양부모를 설득하기도 해. 예전과는 달라졌지. 그런 맥락에서 우리 사무소도 생긴 거야. 그렇지만 네가 입양되어 올 때만 해도 많은 복지사가, 아기를 포기하도록 하는 게 미혼모를 돕는 거라고 생각했어. 그 아이들에게 지원할 돈을 안보나 다른 데 써야 한다고 여겼지. 해외 입양을 통해 외화벌이도 하니 입양이 모두에게 득이 된다고 여겼던 거야."

안보에서 무려 외화벌이까지. 그렇다면 나는 애국자이기까지 한 모양이었다.

아저씨 말로는 1988년 한 해만도 해외 입양아가 거의 7,000명에 달했다고 한다. 그 정도면 인구이동이 아닐까?

"그런데요, 아저씨. 아기들이 입양시설에 들어가면 보통 일 년이 지나야 입양을 간다던데, 세 달 만에 입양이 되기도 하나요?"

기침하던 엄마를 떠올리며 물었다.

"세 달? 글쎄, 특별한 사정이 있다면 모를까 그런 경우는 거의 없을걸. 왜냐면 입양 절차란 게 있거든. 아기 건강검진도 해야 하고 양부모에게 사진도 보내야 하고 가정조사도 해야 하고. 또 양부모가 아기 고르는 시간도 필요했지. 그런 다음 서류가 몇 번 오가야 하는데 지금이야 컴퓨터가 많아졌지만, 그때만 해도 거의 수작업이라 아기 개개인을 그렇게 하려면 시간이 꽤 걸렸어. 처리할 인원도 모자라고. 일 년도 빠른 거였지. 정만 해도 입양시설에 들어간 지 이 년이 다 되어서야 입양되어 온걸."

아저씨 말을 들으니 더 이상했다. 그런데 나는 왜 그렇게 빨리 입양된 걸까?

아저씨가 뭔가 생각하는 표정으로 말을 이었다.

"하지만 네가 온 80년대에는 입양아가 많다 보니 변수도 많았단다. 길 잃은 아이의 경우, 부모를 찾아 줄 수도 있는데 그냥 입양 보내기도 하고. 그럴 때 아이 이름을 몰라 임시 이름을 짓기도 했는데 무신경하게 서류에 '고아'라고 써넣기도 했어. 이름이야 어차피 새로 지을 거라며 신경도 안 쓴 거지. 어쩌다 입양 보낼 아이가 아프거나 하면 그런 아이를 대신 보내기도 했는데, 세 달 만에 입양된 것도 그런 경우가 아닐까? 길을 잃었거나, 부모 잃은 아이거나. 그래서 서류 조작도 쉽고 신경 쓰는 사람이 없으니 바꿔치기도 쉬웠겠지. 왜, 네가 빨리 입양되어 온 거니?"

"아, 아뇨."

나는 말을 얼버무렸다.

부모 잃은 아이. 아저씨가 말한 한마디가 마음에 걸렸다. 몇 시간 전에 엄마를 만나고 왔지만, 아저씨 말을 들으니 1998년 현재 엄마는 없을지도 모른다는 생각이 더 들었다. 무엇보다 엄마는 쓰러졌다. 물론 내가 세 달 만에 입양되어 온 건 그럴 만한 다른 사정이 충분히 있을 수 있다. 엄마가 무사히 수술받아도 다른 일이 생길 가능성은 얼마든지 있으니 말이다. 아저씨 말대로 내가 길을 잃었거나, 그래서 입양될 다른 아이 대신 입양되었거나. 그 밖에 내가 모르는 사정은 많을 것이다. 하지만 나는 그런 사항은 우선 예외로 두기로 했다. 내가 아는 사실은 두 가지! 엄마는 쓰러졌고, 나는 특별히 빨리 입양됐다. 그 둘 사이의 연결점은 아저씨가 말한 부모 잃은 아이.

아줌마가 내 입양을 결정하라고 준 날은 일주일이지만, 엄마에게 무슨 일이 생긴 건 지금, 이 순간일 수 있었다. 그렇다면 엄마를 만날 수 있는 건 과거에서만 가능하다!

'아저씨, 엄마를 찾았는데 수술비가 필요해요. 도와주세요!'

내 입이 달싹거렸다. 어쩌면 아저씨는 부자라 2,600달러 정도는 당장 내줄 수 있을지도 모른다. 그러나 나는 입도 벙긋 못했다.

전화를 받던 고등학생이 아저씨에게 말했다.

"건물 주인이 이번 달에도 월세 못 내면 퇴거 조치하겠답니다."

고등학생은 사무소가 길바닥으로 쫓겨나는 거 아니냐며 울상을 지었다. 아저씨도 한숨을 쉬었다.

"어휴. 통장은 바닥난 지 오래고, 어디 하늘에서 후원금 좀 뚝 안 떨어지나!"

길바닥으로 쫓겨나 캄캄절벽일 때 생존 가방마저 잃어버리면? 그때 내가 찾아갈 마지막 사람은 누구일까? 로타네 할미였다. 할미 형편이 어려워 선뜻 찾아가진 못했지만 나는 알았다. 방아쇠를 당기는 일만 아니면 할미는 엄마의 수술비를 구해 줄 사람이었다. 시간 여행 따위의 설명도 필요 없었다.

"엄마를 찾았는데 병원비가 필요해요."

그 한마디면 할미는 다른 건 묻지도 않고 돈을 구해 줄 거였다. 어쩌면 내가 너무 겁을 먹은 건지도 몰랐다. 할미에게 한국 돈 200만 원은 그리 큰돈이 아닐 수 있었다. 학교 다녀오는 내게 먹으라며 빵을 주듯, '옜다.' 하며 쌈짓돈을 건네줄지도 몰랐다.

버스에서 내려 막 소개소로 가는 다리를 건널 때였다.

"누나!"

앞쪽에서 마틴이 달려왔다. 옆에는 로타도 있었다.

"누나, 로타네 할미 경찰서에 갔어!"

헉헉. 허둥지둥 달려온 마틴이 숨을 몰아쉬며 말했다.

"할배들이 가게를 다 부숴 버렸어!"

로타도 울먹이며 말했다.

두 아이 말에 의하면, 점심때쯤 로타가 마을 입구에 새로 생긴 잡화점에 갔다고 한다. 장난감도 파는 가게였는데 주인이 로타를 쫓아냈단다. 로타가 가난한 집 아이 같으니 쫓아낸 거라고 했다. 로타네를 몰라도 너무 모른 거였다. 그 뒤, 로타는 울면서 집으로 갔고 가족 일이라면 앞뒤를 가리지 않는 할미의 남동생들이 가게로 쫓아가 싸움을 벌였다. 소식을 들은 할미가 달려갔을 때는 이미 가게 물건은 부서졌고 동생들은 경찰차에

타는 중이었다. 할미도 일을 수습하느라 경찰서에 간 거였다.

"다 나 때문이야."

로타가 눈물을 흘렸다.

나는 마틴과 로타를 소개소로 데려갔다. 곧 해가 질 때였다.

마틴이 말했다.

"난 오늘 아줌마네서 잘 거야. 엄마가 이따 밤에 공항에 간대."

이사로 마을을 떠나기 전, 제니와 장신구 집 아줌마는 여행을 가는데 마틴도 함께 간다고 했다. 나는 소개소를 대충 정리한 뒤 마틴과 로타에게 수프를 데워 주었다.

할미가 돌아온 건 저녁 8시가 다 되어서였다.

"괜찮아요?"

할미는 지쳐 보였다. 도움받을 곳을 찾아다니다 온 할미에게 나는 아이들이 남긴 수프를 챙겨 주었다.

"먹고 좀 자요. 제니가 8시까지 마틴을 데려오래서 난 가야 해. 할미 얼굴이 하루 사이 팍삭 늙어 버렸어."

"퍽이나 위로되는 말이다. 이거나 가져가."

할미가 지폐 한 장을 주었다. 일 달러였다.

나는 입을 비죽였다.

"용돈은 할미나 쓰시지. 이제 빈털터리라고 소문 다 났구만."

"그래도 너 줄 돈은 있다."

후유. 할미가 한숨을 쉬었다.

"여기저기 도움받을 곳을 찾아다니는데 로타랑 이 소개소가 걱정인 거야. 그런데 누가 말하길, 네가 여길 지키고 있다고 하더라. 나도 왠지 네가 로타를 봐 줄 것 같긴 했지만. 그래서 전화도 안 했어. 안 한 게 아니라 정신이 없어 못 하기도 했지만. 아무튼, 네가 있단 소릴 들으니 든든하더라. 그래도 이 할미가 의지할 사람이 이 세상에 하나쯤은 있더라. 우리 리리."

할미가 눈물을 글썽였다.

"뭘 이 정도 갖고."

나는 쑥스러워 얼른 마틴과 소개소를 나왔다. '우리 리리'라는 말, 따스했다.

마틴과 허접한 장신구 가게로 향하는데 머릿속은 또 돈 걱정으로 가득했다.

내게 일어난 이 신비롭고 엄청난 일. 이 일의 끝은 뭘까? 나는 엄마를 살리고 내 입양도 막을 수 있을까? 그러려면 돈이 필요한데…….

"누나, 돈 없잖아."

마틴이 말했다.

"엥? 웬 돈?"

뭘 아는 것처럼 말하는 마틴 모습에 나는 눈이 동그래졌다.

"로타네 할미가 돈 줬는데 왜 안 받았어? 그냥 받지."

"그래서 아까워?"

"응. 받으면 좋은데."

마틴이 입을 비죽이더니 주머니에서 무언가를 꺼냈다.

"대신 이거 가져."

오십 센트짜리 동전이었다.

내가 말했다.

"뭐야? 누나 용돈씩이나 주는 거야?"

"응. 그거 내 전 재산이야!"

10. 두고 온 가방

1998년 9월 30일. 미국.

짤랑!

마틴이 준 동전을 생일 저금통에 넣은 건 새벽 1시였다. 과거에서 돌아오자마자 일하러 갔다가 사무소와 할미 소개소까지 오가느라 피곤해 씻지도 않고 잠들었다 깨어난 시간이었다. 다른 때 같으면 아침까지 내처 잤을 텐데, 걱정 때문인지 나도 모르게 눈이 떠졌다. 눈을 뜨자 다시 돈 걱정이 몰려오며 마틴이 준 동전이 생각난 거였다.

학주

동전을 넣고 나는 저금통 앞 스티커에 학주라는 한글 이름을 새로 써넣었다. 이제 막 배우기 시작한 '학주'와 '엄마'라는 한글. 이름 옆에는 12월 24일이 아닌 진짜 내 생일인 9월 29일도 적어 넣었다. 과거로 갔을 때 오늘이 학주 생일이란 말을 듣고 나는 방 안의 달력을 확인했었다.

꼬르륵.

저금통을 다시 가방에 넣는데 배에서 소리가 났다. 그제야 온종일 굶다시피 한 게 생각났다. 나는 아래층으로 가기 위해 살며시 일어났다. 먹을 것을 가져오고 저금통에 붙일 테이프도 가져와야 했다. 저금통을 가방에 넣으려는데 아랫부분이 툭 벌어졌다. 아빠가 밟았을 때 투명 테이프로 붙였는데, 다시 떨어졌다. 아래층 서랍에 접착력이 좋은 검정 테이프가 있을지도 몰랐다.

마틴과 제니는 떠났겠지?

거실로 오자 집은 텅 빈 듯했다. 아빠가 깰세라 나는 불도 켜지 않은 채 부엌으로 가 빵부터 챙겼다.

막 거실로 나올 때였다.

흡! 나는 잽싸게 어둠 속에 웅크려 앉았다.

아빠?

아빠 방에서 커다란 그림자가 나왔다. 그림자가 살금살금 거실 의자로 다가오는데……, 달빛에 어렴풋이 보이는 그림자는 아빠가 아니었다. 제니? 나는 꼼짝하지 않고 그림자를 지켜봤다. 제니로 보이는 그림자가 의자에 엎드려 꼼지락거렸다. 주섬주섬 가방에 무언가를 넣는 모양새인데 이상했다. 지금쯤 제니는 여행을 갔어야 할 시간인데?

"제니?"

방에서 아빠 소리가 들렸다. 어두운 중에도 제니의 놀란 표정이 느껴졌다. 그 모습을 보니 제니가 확실했다. 순간, 머릿속에 한 생각이 스쳤다. 요즘 들어 제니와 아빠는 자주 다퉜고 집은 팔렸다. 돈이 절실한 내가 할 수 있는 생각은 한 가지! 제니는 집을 판 돈을 훔쳐 떠나려는 게 분명했다.

"제니."

아빠가 또 불렀다.

"어, 엉."

제니가 머뭇거리며 방으로 갔다.

아빠가 말했다.

"언제 온 거야?"

"조금 전에. 지금 씻으려던 참이야."

곧 아빠 방문이 닫혔다. 뭔가 치근덕거리는 소리와 달래는 소리가 들렸다. 나는 살금살금 의자로 갔다. 의자 위에 놓인 가방은 열려 있었다. 어둡지만 가방을 거실 창 쪽으로 기울이자 달빛에 가방 안의 물건이 어슴푸레 보였다. 손으로 옷가지를 더듬자 무언가가 만져졌다. 돈이었다. 꼴깍! 나도 모르게 침이 넘어갔다. 나는 재빨리 돈을 꺼냈다. 추운 날 비를 맞은 것처럼 몸이 떨렸다. 그렇지만 나는 손에 잡히는 대로 얼마간의 돈을 또 꺼냈다.

그때.

"잠깐 기다려."

제니가 아빠에게 말하며 거실로 나왔다.

으아! 나는 소리를 삼키며 밖으로 튀어 나갔다.

순간, 등줄기가 오싹했다. 할미 소개소에 거의 다 가서였다.

싸한 기운과 함께 가슴이 철렁 내려앉으며 손으로 옆구리를 짚자 잡혀야 할 게 만져지지 않았다.

가방!

사진이 든 생존 가방을 내 방에 그대로 두고 온 거였다.

바보!

나는 내 머리를 사정없이 때렸다.

바보, 바보!

어떻게 가방을 잊을 수 있지? 사진이 없으면 돈도 필요 없는데! 돈에 정신이 팔려 가방은 생각지도 못했다. 겨우 집을 빠져나왔는데…….

어쩔 수 없이 나는 도로 발길을 돌렸다.

으에엑!

허접한 장신구 가게가 있는 골목으로 들어설 때였다. 괴상한 소리가 들렸다. 유리창이 깨진 핫도그 집 앞이었다. 불에 그슬린 자국이 있는 벽 아래에, 한 남자가 털북숭이 개와 여행 가방을 앞에 두고 소리를 질러 댔다. 밤이면 나타나는 노숙자인데 약물 중독자였다. 나는 걸음을 멈추고 벽에 몸을 붙였다.

으에엑!

나는 어쩔 줄을 몰랐다. 남자를 피해 돌아가기에는 길이 너무 멀었고 먼 만큼 더 안전하지 않을 수 있었다. 그렇다고 남자 앞을 지나칠 용기는 없었다. 남자가 와락 달려들 것만 같았다. 눈을 딱 감고 냅다 달릴까 했지만, 무서웠다. 나는 머뭇거리다가 겨우 한 발을 내디뎠다. 상대를 자극하지 말아야 한다는 생각이 들었다. '난 당신에게 아무 감정 없어요.'라는 뜻으로 태연하게 걸으려고 했다. 때는 새벽이고 경찰은커녕 지나는 사람 하나 없었다.

빠앙!

마침 뒤에서 소리가 났다. 자동차 한 대가 내 옆을 지나갔다. 차 때문인지 남자가 소리를 멈췄다. 자동차를 따라 얼른 달릴까, 하는데 저만치에 차가 멈춰 섰다. 허접한 장신구 가게 앞이었다.

……!

나는 잽싸게 다시 벽에 몸을 붙였다. 가로등 아래에 보이는 차는 다름 아닌 제니의 차였다. 곧 차에서 제니가 내렸다. 가게에서도 누군가가 짐 가방을 들고나오는데 제니의 친구였다. 제니가 친구에게 짐을 받아 차에 실었다. 마틴은 보이지 않았다.

짐을 실은 제니는 친구와 뭐라 말을 나눈 뒤 혼자 차에 올랐다.

그때 무언가가 내 눈에 뜨였다.

"제니!"

나는 소리치며 길가로 나섰다. 제니가 내 생존 가방을 어깨에 메고 있었다. 나에게 보란 듯 가방을 툭툭 치며 차에 타는 제니.

"제니!"

붕, 차는 곧 떠났다. 나와 반대 방향이었다.

"제니에게 전화 좀 해 줘요. 내 가방을 가져갔어요!"

차를 따라가며 소리치자 제니의 친구가 심드렁하니 말했다.

"전화번호 바뀌어서 모르는데."

"제니!"

차는 곧 모퉁이를 돌아 사라졌다. 제니의 친구는 가게로 들어갔고 남자는 나를 빤히 바라봤다. 그러거나 말거나 나는 발을 동동거렸다.

가방을 두고 오다니. 리리, 도대체 무슨 짓을 한 거니!

그때였다.

제니의 차가 후진으로 모퉁이를 돌아와 다시 가게 앞에 멈춰

섰다.

"제니!"

나는 차로 달려갔다. 천국과 지옥을 오가는 기분이었다.

휙! 제니가 차에서 내리며 다짜고짜 나에게 무언가를 던졌다. 내 생존 가방이었다. 마틴은 차에서 잠들어 있었다.

제니가 말했다.

"어때, 식겁했지? 너 정신 차리라고 쇼 좀 했다. 도망치려면 확실히 해야지. 목숨 줄처럼 끼고 다니는 가방도 두고 그렇게 정신이 없어서야 이 그지 같은 세상을 어떻게 살래? 어쨌든 네가 훔친 돈 말이야."

제니가 잠시 말을 멈췄다. 나는 조마조마했다. 돈을 빼앗길 것 같았다.

"그거 내가 너 주는 거로 하자. 그런 뜻에서 가방 안에 몇 푼 더 넣었다."

나는 무슨 말인지 몰랐다.

제니가 말을 이었다.

"그러니까 음……, 네 아빠는 지금 상태론 그 돈을 간수 못 해. 약을 사느라 금방 털어먹겠지. 지금 네 아빠에게 필요한 건

치료야. 음…… 어쨌든, 그 돈은 네 아빠만의 돈은 아니잖니? 그 돈엔 네 몫도 있고 내 몫도 있어. 우린 그래도 젠장맞을 가족이었으니까. 무슨 말이냐면, 넌 그 돈을 훔치지 않았어. 그냥 내가 준 거로 하자. 이제 알겠니? 그냥 가려고 했는데 그동안 마틴을 봐 줘서 네 몫이 생긴 줄 알아."

"고마워요, 제니. 그런데 아빠와 헤어질 건가요?"

"네 앞가림이나 잘해."

제니는 그대로 차에 올랐다. 어느새 잠에서 깬 마틴이 창문을 두드렸다.

"누나."

"마틴."

내가 가까이 가자 창이 열리며 마틴이 고개를 내밀었다.

"누나. 나 여행 갔다 올게."

"그래, 마틴. 잘 가. 잊지 않을게. 많이 보고 싶을 거야."

나는 생존 가방에 있던 사탕을 꺼내 마틴에게 주었다. 학주가 준 사탕이었다.

마틴이 사탕을 받자 차는 곧 떠났다. 마틴이 보이지 않을 때까지 나는 손을 흔들었다.

11. 생일 저금통

1988년 10월 2일. 한국.

다시 과거로 막 왔을 때, 나는 학주의 입양까지 아직 시간이 남았다고 생각했다.

이번에 온 곳은 아줌마 집 마당. 방에서 소리가 들렸다.

"이제 다 끝났네요. 학주 엄마도 수술받게 됐으니 모두 잘됐어요."

아줌마였다.

아줌마 말에 나는 가슴을 쓸어내렸다. 엄마는 살아 있었다!

엄마를 보기 위해 고개를 빼고 안을 들여다보는데 아줌마가 서류로 보이는 종이를 할머니에게 내밀었다.

"학주는 지금 바로 데려갈 테니 이제 도장 찍으세요. 학주 엄마 쓰러졌단 연락받고 얼마나 놀랐는지. 그래도 수술 날짜가 잡혀서 다행이에요."

"진호 엄마가 와 줘서 고마웠지. 입원 수속비도 없었는데."

입원 수속과 수술. 엄마는 병원에 있는 모양이었다. 마루 벽에 걸린 달력을 보니 10월 2일. 미국 날짜보다 이틀 뒤였다. 이상했다. 처음 비행기로 갔을 때 말고는 보통 미국 날짜와 같거나 미국 날짜 전의 과거에 도착했다. 그런데 이번에는 미국보다 뒤의 날짜였다. 그것도, 누군가 써 놓은 대본에 맞춰 온 것같이 학주를 데려가는 딱 그날이었다.

언뜻, 과거로 오기 전 소개소에서 있었던 일이 떠올랐다.

으에엑!

제니에게 가방을 받고 소개소로 가는 길에 또 소리가 났다. 소리를 지르던 남자가 몰래 따라온 거였다. 나는 기겁을 하고 가까운 빈집으로 뛰어들었다. 괴기스러운 갱단의 영역표시가 그려진 빈집은 평소라면 피해 다니는 곳이지만, 달리 선택의 여지가 없었다. 다행히 뒷문을 통해 소개소로 빠져나가는 길이 있었다. 남자가 자신의 개에게 꾸물거리지 말라고 소리치는 사이, 나는 뒷문을 나와 소개소로 도망쳤다.

열쇠를 찾아 소개소에 들어와서야 내가 겁에 질려 울고 있다는 걸 알았다. 눈물을 닦을 사이도 없이 나는 할미가 습관적으로 물건을 놓아두는 곳에서 봉투를 꺼냈다. 달빛마저 커튼에 가려진 어둠. 금방이라도 남자가 쳐들어올 것 같아 불도 켜지 못한 채 나는 돈을 봉투에 담았다. 손이 스치는 곳에 연필꽂이가 있기에 봉투에 '학주 엄마'라는 한글도 삐뚤빼뚤 적어 넣었다.

으에엑! 소리는 더 가까워졌다.

나는 겁먹지 않으려고 애썼다. 남자가 쳐들어와도 과거로 가면 그만. 그러나 사진을 꺼내 학주의 손이 있을 곳이라 짐작되는 부분을 더듬는데 몹시 떨렸다.

비행기로 갔을 때처럼 학주가 이미 떠난 뒤에 도착하면 어쩌지? 엄마에게 벌써 무슨 일이 생긴 건 아닐까?

그동안은 과거 어느 날에 도착하든 신경을 쓰지 않았는데, 걱정이 되니 손이 더 떨렸다. 그렇게 나는 손을 멈추지도 떼지도 못하고 사진을 더듬었다. 만년필 모양의 손전등을 꺼내 정확

한 학주 손의 위치를 보려고 했지만, 아빠가 밟은 뒤로 깜박이더니 결국 고장 났는지 손전등 불이 켜지지 않았다. 나는 숨을 고르며 손끝으로 사진을 계속 더듬었다.

그렇게 얼마나 지났을까? 어느 순간 눈앞에 비행기 속 장면이 스쳤다. 상자와 아기들, 간호사와 의사……. 처음으로 시간여행을 갔던 곳이었다. 비행기로 온 건가? 하며 가슴이 철렁하는데 장면은 곧 축대와 부엌, 공원으로 이어졌다. 나는 뭐가 뭔지 몰랐다. 영화 속 빠른 화면처럼 장면이 스치더니 할머니와 아줌마, 종이접기를 하는 학주가 보였다. 학주 옆으로 등을 보이고 앉은 여자도 있었다. 처음 보는 장면이었다.

나는 재빨리 그곳에서 손을 멈췄다. 손이 움직이지 않도록 힘을 주는 사이 몇 초가 지나자 곧 빛이 일고, 그렇게 나는 할머니가 도장 찍기 전의 시간에 도착했다. 등을 돌린 여자는 송 선생이었고 아줌마가 말한 일주일이란 기간이 이틀이나 당겨진 때였다.

나는 얼른 가방에서 돈 봉투를 꺼냈다.

짠!

마침, 학주가 문 사이로 얼굴을 쏙 내밀었다. 내가 온 걸 알고 숨었다가 깜짝쇼 하는 것처럼 놀래 주려는 얼굴이었다. 나는 서둘러 돈 봉투를 학주 손에 쥐여 주고 손을 뻗어 할머니를 가리켰다.

'할머니에게 가!'

그사이 할머니는 일어나 벽에 걸린 외투 주머니를 뒤졌다.

"우리 학주, 미국 가서 구박 안 받겠죠? 막상 보내려니 가슴이 미어지네요."

할머니가 외투에서 도장을 꺼냈다.

송 선생이 잔잔하게 웃음 지었다.

"제가 입양 보낸 아이만도 수백 명입니다. 원하시면 아이가 크는 사진을 매년 받게 해 드릴 테니 걱정 마세요."

아줌마도 말했다.

"어서 도장 찍고 병원이나 가 보세요. 밖에 학주 데려갈 차도 기다리고 있어요."

나는 바닥에 놓인 서류를 봤다.

나는, 이렇게 떠난 거구나. 엄마가 입원한 사이, 아줌마가 정한 일주일이란 시간이 당겨져 미국으로 간 거였다.

"Go quickly!(어서 가!)"

나는 학주에게 다시 할머니를 가리켰다. 내 소리에 아줌마가 흘끗 나를 봤다.

"잰 또 왔네. 학주 이뻐하더니 요새 자주 오네. 얘, 넌 미국 어디서 왔니? 학주도 미국 가는데."

나는 한국말은 못 알아듣는 척 학주에게 말했다.

"Go!(가!)"

킥! 그러나 학주는 호기심 어린 표정으로 봉투를 열려고만 했다. 마틴처럼 뭐든 장난만 치려는 학주. 나는 돈 봉투를 도로 빼앗으려고 손을 뻗었다. 차라리 누군가 전해 준 것처럼 할머니에게 직접 주는 게 나을 것 같았다. 그런데 학주가 킥킥거리며 잽싸게 봉투를 뒤로 감췄다. 봉투 빼앗기 놀이라도 하는 것처럼 신난 얼굴이었다.

할머니가 코를 풀었다.

"제 에미만 쓰러지지 않았어도 겨울이나 나고 보낼 텐데."

곧 도장을 찍을 것 같은 모습에 나는 가방에서 생일 저금통을 꺼냈다. 이럴 땐 마틴의 눈길을 끌 때와 같은 방법을 써야 했다. 나는 잽싸게 할머니에게 저금통을 굴렸다. 다른 장난감으로 눈길 끌기. 역시나, 마틴처럼 학주가 어! 하더니 눈을 반짝이며 저금통을 따라 쪼르르 할머니에게 달려갔다.

"이거 학주 엄마 도장 맞죠?"

아줌마가 묻는 순간, 저금통을 따라가던 학주가 그만 송 선생 가방에 걸려 넘어졌다. 그 바람에 돈 봉투를 놓쳤고, 좌락! 돈이 바닥에 쏟아졌다.

어머! 아줌마 눈이 커졌다.

"이게 뭐야?"

할머니도 놀라 도장을 놓쳤다.

학주는 돈은 시시한 듯 날름 저금통을 들더니 신나게 흔들었다. 짤랑짤랑!

아줌마가 봉투를 주워 들었다.

"여기, 이거 뭐라고 쓴 거야? 학, 주…… 엄, 마? 누가 학주 엄마에게 보낸 건가? 근데 웬 달러지?"

"달러?"

할머니 눈이 커졌다.

"예, 미국 돈 달러요."

"미국 돈?"

할머니가 무릎을 쳤다.

"옳거니! 이 돈 학주 친할머니가 보낸 거네. 미군 집에서 고용살이한다는 그 사돈 말이야. 자기네 호적에도 안 올려 주더니 그래도 제 핏줄이라고 만리타국은 못 보내겠나 보지? 내가 저번에 전화로 난리를 쳐 놨거든. 그랬더니 이제야 돈을 보낸 거야. 양심은 있어서."

할머니는 살았다며 가슴을 쓸어내렸다.

"그럼, 말이나 하고 주고 가든지. 이 많은 돈을 그냥 놓고 간 거야? 누군지 봤니?"

아줌마가 또 날 보며 물었다. 나는 못 알아듣는 척 뚱한 표정을 지었다. 그사이 학주는 저금통을 흔들며 마당으로 나섰다.

할머니가 말했다.

"진호 엄마, 근데 이게 다 얼마야? 수술비가 되려나?"

"뭐, 한눈에 봐도 되고 남을 거 같네요."

"그래! 아이고 부처님, 하나님 감사합니다!"

할머니가 송 선생 손을 덥석 잡았다.

"송 선생. 나 이 도장 안 찍을라우. 학주 안 보내요."

"그게 무슨 말씀이에요?"

아줌마 소리가 커졌다.

"미안하게 됐어, 진호 엄마. 그렇지만 아무래도 이상하잖아. 이게 다 우리 학주 미국 보내지 말라는 뜻인가 봐. 그러지 않고서야 도장 찍을 찰나에 하늘에서 뚝 떨어지듯 이렇게 돈이 생길 리 없잖아? 그리고 이게 핏줄 문제라서 말이야. 제 아비 쪽에서 돈까지 보냈는데 외가 쪽인 내가 맘대로 앨 보낼 순 없어. 누가 뭐래도 애아버지 뜻이 중요한데, 나중에 법적으로 걸고넘어지면 어째."

"안 돼요. 송 선생까지 오셨고 미국이랑 절차도 다 끝났어요."

"잠깐만요."

송 선생이 손을 들어 아줌마를 막았다. 그러더니 잠시 생각한 뒤 할머니에게 말했다.

"정 그러시다면 알겠습니다. 다시 말씀드리지만, 저희는 길 잃은 아이에게 안내자 역할을 하는 거지 부모에게서 억지로 자식을 떼어 내는 사람이 아닙니다. 형편이 되시면 아이는 엄마가 키우는 게 가장 좋지요. 다만, 정 힘드시면 언제든 또 연락해 주세요."

송 선생이 굳은 입가를 살짝 실룩이더니 곧 일어섰다.

할머니가 말했다.

"아이고, 고맙수! 이렇게 단박에 들어주다니. 배운 사람은 역시 다르오. 양반이 따로 없네."

송 선생을 따라 아줌마도 입을 비죽이며 일어섰다. 나도 학주를 따라 골목으로 나섰다.

잠시 뒤, 송 선생과 아줌마가 나왔다. 나는 전봇대 뒤로 몸을 숨겼다.

송 선생이 소리 낮춰 말했다.

"여사님, 우리 일도 사업입니다. 주먹구구식으로 하지 마세요. 자식 일이라 다들 민감하거든요. 이런 일 흔해요. 애 떠나고 없는데 사무실 와서 돌려달라고 생떼 쓰는 사람도 많고요. 지금 학주 데려가면 딱 그 꼴 납니다. 이럴 때는 그냥 지켜만 보세요. 입양이란 말도 하지 말고 학주 맡아 줄 데 없다면 맡아만 주세요. 내 경험으로, 학주는 곧 입양 갑니다. 결국 애 엄마 스스로 보낼 테니 두고 보세요."

"그러죠, 뭐. 친가에서도 안 보낸다니 일단은 어쩔 수 없죠."

송 선생이 차를 타기 위해 공터로 나갔다. 공터는 축대로 가는 길 반대편에 있었다. 할머니도 머뭇거리며 따라 나왔다.

"진호 엄마, 이랬다저랬다 해서 미안해. 내가 면목이 없어."

"뭐, 어쩔 수 없죠. 미안하면 그 달러나 저한테 주세요. 수수료 싸게 해서 바꿔 드릴게. 이참에 사돈도 좀 소개해 주고요. 달러 서운치 않게 바꿔 준다고 하세요."

"그럼, 당연히 진호 엄마한테서 바꿔야지. 그런데 그 달러 장사가 돈이 되는가 봐?"

"뭐, 노후 자금으로 모아 두는 거죠. 학주 엄마가 받은 저 돈도 한 십 년 푹 묵혀 두려고요. 혹시 알아요? 십 년 뒤면 달러 가치가 생각보다 더 오를지?"

십 년 뒤, 한국의 IMF로 달러 가치가 높아졌다는 말이 떠올랐다.

아줌마는 당연히 자기에게서 돈을 바꿀 줄 알았다며 내가 전한 돈을 아줌마가 가진 달러와 합해서 벌써 장롱 깊숙이 넣어 두었다고 했다. 그제야 내가 준 달러의 발행 연도가 언제였더라 하는 생각이 들었다. 자세히 보지 않아 모르겠는데 아줌마도 무심히 넘기는 것 같아 다행이었다.

할머니가 말했다.

"하여간 진호 엄만 야무져. 그런데 염치없지만 하나만 더 부탁할게. 낼이라도 당장, 아니, 오늘이라도 학주 맡아 줄 사람이 없어. 난 병원에 가 봐야 하고. 진호 엄마도 알다시피 낮에 몇 시간이면 몰라도 학주를 데리고 잘 사람을 당장 어디서 구해. 돈도 얼마 달랄지 모르고. 그러니 학주 에미 수술받고 회복될 때까지 진호 엄마가 애 좀 맡아 줘. 내가 믿을 데가 진호 엄마밖에 없어서 그래."

아줌마가 마지못해 그러라고 하며 할머니와 집 안으로 들어갔다.

"학주야, 멀리 가면 안 돼."

아줌마 말에 골목 어귀에서 놀던 학주가 말했다.

"응."

그러더니 저금통을 흔들며 다가와 자랑스레 나에게 들어 보였다. 짤랑!

순간, 어! 하고 소식지의 한 사진이 머릿속에 떠올랐다.

맛집 주인과 식당 안의 소품들. 소품 맨 앞에 있던 나무 모양 저금통! 뇌는 이미 답을 알고 있듯 소식지 사진 속의 저금통과 학주의 저금통이 겹쳐졌다.

'소식지 사진의 저금통이…… 이거였어!'

나는 놀라 입이 절로 벌어졌다. 학주가 들고 있는 저금통이 내가 준 거라면, 소식지의 맛집 주인은…… 엄마? 나는 얼핏 봤던 소식지 내용을 떠올리려고 애썼다. 잘 생각나진 않지만 사진 속 맛집 주인 피부는 까무잡잡했고, 제목 어딘가에 '쉼터'라는 글자가 있었다.

"학주야, 들어와야지."

안에서 또 소리가 났다.

"안녕."

학주가 대문으로 가며 나에게 손을 흔들었다.

12. 사라진 기사

1998년 9월 30일. 미국.

이런 생각을 한 적이 있었다. 한국 나이로 열다섯 살인 내가 다섯 살인 학주가 되면, 나는 앞으로 십 년 동안의 일을 알 것이다. 또다시 학교에 간다면 공부도 더 잘할 것이고 미래를 아는 능력으로 돈도 벌 수 있을 것이다. 아기자기한 소품으로 꾸며진 식당에서 엄마와 살면서 말이다.

꿈을 꿨다. 아줌마 집으로 들어가던 학주가 손을 흔들 때 나는 달려가 학주를 안았다. 빛이 일었지만, 꿈속에서 나는 흐려지지 않았고 내 손이 학주를 통과하지도 않았다. 학주의 감촉이 느껴졌고 학주도 나를 느낀다는 걸 알 수 있었다. 빛이 둥글게 우리를 감쌌고 빛 가운데 내 몸은 점점 학주 몸에 스며들었다.

이런 거구나! 내가 과거로 오면 우린 이렇게 하나가 되는구나!

나는 나를 더 세게 끌어안았다.

껵껵! 예사롭지 않은 소리에 눈을 뜨자 누군가가 나를 끌어안았다.

"리리!"

할미였다.

"맙소사! 괜찮은 거니?"

할미가 울먹이며 내 몸을 더듬었다.

내가 깨어난 곳은 할미네 소개소. 동생들 일을 처리하고 오후 3시가 넘어서야 문을 연 할미는 기절한 듯 누워 있는 나를 보고 놀라 주저앉았단다.

"네 아빠란 작자가 또 무슨 짓을 한 거니? 무슨 짓을 했기에 이 시간까지 이러고 있어?"

할미는 그동안 아무 조치도 취하지 못한 자신을 나무랐다.

"다 내가 무심해서다."

"할미."

나는 할미 품으로 파고들었다.

'걱정하지 마요, 할미. 나 이제 엄마를 찾았어. 시간 여행을 가서 내 입양을 막고 어린 시절의 나로 돌아갈 수 있게 됐어. 내가 나를 구했어요!'

나는 모든 게 끝났다는 걸 할미에게 털어놓고 싶었다.

과거로 가면 다시는 할미를 볼 수 없을까? 할미와 마틴과 로타와 정. 모두의 기억에서 나는 사라질까? 이상했다. 그런데 나는 왜 아직 여기에 있지? 입양을 막았으니 꿈에서처럼 학주가 되어 한국에 있어야 하는 거 아닌가? 12월 24일 그날, 내 몸이 어린 시절로 돌아가는 건가? 25일에 잠에서 깨면 저절로 학주가 돼 있는 거고? 아니면 소식지에 나온 사람이 엄마인 걸 알았으니 현재에서 엄마를 찾으면 되는 건가? 그렇다면 학주는 어떻게 되지?

머리가 어지러웠다.

할미가 내 얼굴을 쓰다듬었다.

"잘 들어라, 리리. 너도 생각이 많겠지만 이젠 결단을 내려야 해. 너는 한국서 왔어. 그렇지? 자, 이제 내가 도와주마. 요즘은 모국 방문 같은 게 있다더라. 한국의 네 엄마를 찾아보자. 시간이 지났으니 그쪽 사정도 달라졌겠지. 네가 돌아갈 수 있는지부터 알아보자. 네 아빠와 지내는 건 더는 안 돼. 경찰이란 작자들은 잡을 사람은 안 잡고 엉뚱한 사람만 잡아넣잖니?"

"리리!"

그때 로타가 뛰어 들어왔다.

"리리! 리리네 아빠도 경찰에 잡혀갔어!"

한낮이 넘어서야 잠이 깬 아빠는 제니와 돈이 없어진 걸 알았다. 아빠는 부랴부랴 허접한 장신구 가게부터 달려갔다.

"제니, 제니!"

제니의 친구는 코웃음을 쳤다.

"오줌이나 바꿔치기하는 글러 먹은 바지 씨, 버스는 떠났어. 정신 차리시지!"

자신을 비웃는 소리에 화가 난 아빠는 바지를 내려 허접한 장신구 가게의 장신구들에 빙 돌아가며 오줌을 뿌렸다. 제니의 친구는 비명을 지르며 전화기를 들었고 할미와 내가 갔을 때 아빠는 경찰차에 실려 간 뒤였다.

함께 소개소로 돌아가자는 할미와 헤어져 나는 집으로 향했다. 머릿속이 복잡했다. 과거에서 입양을 막았는데 나는 왜 현재에 있지?

"제니."

집에 오자 아빠 방 앞에 제니가 있었다. 마틴은 보이지 않고 제니는 짐 가방을 들고 있었다.

"나머지 짐 챙기러 왔다."

제니는 덤덤했다.

"네 아빠는 곧 치료를 시작할 거야. 이젠 도망가지 못할 테니 잘 됐지."

아빠를 신고한 사람은 제니였다. 아빠가 행패를 부리는 사이, 친구의 전화를 받은 제니가 곧바로 경찰에 신고한 거였다.

제니가 말했다.

"약물치료까지는 내가 네 아빠를 책임질 거야. 하지만 그다음은 몰라. 그러니 너도 네 앞길을 찾아. 네 아빠 일 처리되는 대로 그 잘난 사회복지사가 널 찾아올 테니 잘해."

제니는 떠났다. 마틴과 통화하기 위해 제니에게 바뀐 전화번호를 물었지만, 대답하지 않았다.

어디에 있더라?

이 층으로 올라온 나는 소식지부터 꺼냈다. 맛집 기사는 소식지 맨 뒤 윗부분에 있었다. 맨 뒷장이라 기억에 남았다. 그런데 전체 여덟 쪽을 다 넘겨도 맛집 기사는 없었다. 나는 앞장부터 뒷장까지, 다시 뒷장에서 앞장까지 소식지를 넘겼다. 아무리 찾아도 엄마 사진이 실린 기사는 없었다. 엄마 사진이 있을 거라고 생각한 곳에는 연못을 배경으로 한 한국의 고궁 사진뿐이었다. 내용도 한국의 고궁을 소개하는 글이 다였다. 모두 처음 보는 거였다. 나는 소식지를 털어도 보고, 한 장이 빠졌나 싶어 책상 주변도 살펴봤지만 빠진 것은 없었다.

다른 곳에서 본 건가?

맛집 기사가 너무 감쪽같이 없으니 착각을 한 듯한 기분이 들었다. 아저씨가 준 소식지 말고 최근에 다른 잡지나 신문을 본 적이 있던가? 없었다. 다른 소식지를 집에 들고 온 적도, 컴퓨터에서 맛집 비슷한 걸 검색한 적도 없었다. 분명 나는 맛집 기사의 저금통을 보며 '한국에서도 똑같은 사은품을 주네.'라는 생각을 스치듯 했었다.

뭔가 크게 잘못되었다는 느낌이 들었다. 입양을 막으면 어린 시절의 나로 돌아간다고만 생각했다. 현재의 기억을 가지고 몸만 작아지는 거라 여겼는데…….

불안이 스치며 한 영화 속 장면이 떠올랐다. 과거로 돌아가 실수로 엄마 아빠의 결혼을 방해하니, 현재 사진 속의 형과 누나 모습이 사라지는 장면이었다. 그렇다면……. 영화와 같이 나도 과거를 바꾸니 맛집 기사가 사라졌다. 무슨 뜻일까? 나는 멍하니 사진을 봤다. 학주 사진은 흐려져 더는 아무것도 보이지 않았다. 이제, 과거로 가는 길도 끊겼다.

"맛집 기사? 그런 거 없는데?"

사무소에 가서 맛집 기사에 관해 묻자 아저씨가 말했다. 아저씨는 뜬금없다는 얼굴로 격월로 5회까지 발행된 소식지 중, 지금까지 맛집을 다룬 적은 아예 없다고 했다.

"정확하진 않지만 기사 제목 중에 '입양아 쉼터'라는 글이 있었어요."

내가 기억을 짜내 말하자 아저씨는 더욱 모를 표정을 지었다.

"쉼터? 첨 듣는 건데……."

답답했다. 나는 아저씨에게 부탁해 지금까지 나온 소식지 1호부터 5호까지를 달라고 해 모두 뒤졌다. 정이 온 건, 소식지 어디에도 맛집 기사가 없다는 걸 막 확인했을 때였다.

취재하고 왔다는 정은 날 보자 반가워했다.

"너 또 왔구나! 지난번에 네가 다녀갔다는 말 듣고 학교에서 찾았는데 이제야 만나네. 오늘은 결석까지 하고 무슨 일 있었니?"

나는 인사 대신 소식지부터 보여 줬다.

"정, 이거 네가 준 거 맞지?"

"응. 저번에 컴퓨터실에서."

"여기, 이쪽에 있던 맛집 기사 생각나? 여기."

나는 8쪽 맨 위를 가리켰다.

"맛집? 그게 뭔데?"

정은 맛집이란 말 자체를 모르는 얼굴이었다.

"식당을 소개하는 기사 말이야. 한국에 있는 음식 잘하는 식당. 식당 주인 사진도 있었어."

"식당? 그 자린 한국 관광지를 소개하는 곳인데. 우리 소식지에서 식당을 소개한 적은 없어."

나는 말문이 막혔다. 정과 아저씨의 기억에서도 사라진 기사. 모두 거짓말을 하는 것 같았다.

내가 말했다.

"죄송한데 아저씨, 한국에 있는 제 엄마를 검색해 주실 수 있나요? 엄마가 살았는지 알고 싶어서요."

정의 눈이 커졌다.

"살았는지? 그게 무슨 뜻이야?"

아저씨도 놀란 얼굴로 내 앞으로 와 앉았다.

"왜, 엄마가 편찮으시니?"

"사실, 제가 입양되어 올 때 엄마가 아팠어요. 얼마 전에 기억이 났는데 지금은 어떤지 알고 싶어서요. 아저씨가 검색 좀 해 주세요."

"그래? 그때 일이 기억났구나. 그런데 검색이 될지 모르겠다. 검색은 뭔가 특별한 사연이 있거나 큰 사건과 연관……."

"엄마가 노동운동을 했어요. 미혼모였고요."

"노동운동?"

아저씨 눈이 커졌다.

"대성 일렉트로닉스요! 엄마가 다녔던 공장이에요. 그리고 이 이름이 맞는지 모르지만 엄마 이름이 이미내? 이리네? 그 비슷한 거였어요."

나는 생부와 할머니가 부른 엄마 이름을 생존일지에 적어 놓았었다.

"오! 그 정도면 검색이 될 수도 있겠다. 엄마가 다니던 회사와 연관이 있다면 말이야. 기록이 꽤 상세하구나. 나중에 그 기록도 좀 가져오렴."

아저씨는 나에게 별도의 서류가 있는 걸로 알았다.

"일단 찾아보자. 내가 1980년대 미혼모 입양실태에 관해 쓰려고 모아 둔 건데……."

아저씨가 벽으로 가 디스켓 케이스를 뒤졌다.

"80년대 노동운동이라……. 거기에 대한 자료는 꽤 있지. 네가 입양되어 온 게 88년 올림픽 때니까…… 그래, 그 자료는 따로 또 있어."

아저씨가 곧 디스켓을 찾아 컴퓨터에 꽂았다. 그리고 옆 컴퓨터에도 다른 디스켓을 찾아 꽂았다. 컴퓨터 두 대를 오가는 아저씨 손이 빨라졌다.

“대성 일렉트로…… 있다!”

아저씨가 디스켓에 입력된 제목을 클릭하자 기사가 떴다. 한글 기사였다.

“대성 일렉트로닉스에 대한 기사는 따로 없고, 이 회사와 관련된 동맹파업 기사가 있구나. 이 동맹파업은 나도 알고 있어. 아주 큰 노동운동이었지. 섬유, 전자 공장이 밀집해 있는 공단 전체가 협동 시위를 한 거거든.”

아저씨는 기사를 읽더니 디스켓의 다른 항목도 검색했다. 또 다른 기사가 떴고 모두 한글 기사였다. 아저씨가 눈으로 기사를 읽었다. 한글 배우기에 한창이라는 정도 작은 소리로 기사를 읽었다.

“올, 림, 픽, 뒤, 에, 가, 려, 진, 노, 동, 서, 사.”

나는 정의 소리에 귀를 기울였지만, 과거로 갔을 때처럼 한국말을 알아들을 수는 없었다.

“동, 명? 맹? ……추, 락? 락사망? 사망?”

정이 고개를 갸웃하더니 읽기를 멈췄다. 아저씨도 말이 없었다.

아저씨가 입을 연 건, 마우스를 움직여 기사를 위아래로 몇 번 더 본 뒤였다.

"리리, 네 엄마 성함이 정확히 임인애 씨인 거 같다. 그런데 네 엄마가……."

아저씨는 먼저 기사의 출처가 주요 일간지나 잡지가 아니란 걸 말했다. 기사는 한 개인 노동운동가가 독서소식지라는 형태로 발행한 무료 기사였다.

"그렇다고 기사의 신뢰도가 떨어지는 건 아니란다. 오히려 진실을 그대로 담고 있지. 그래서 취재원의 실명도 밝힌 거 같아."

아저씨는 지금껏 아저씨에게서 들어 보지 못한 담담하고 조용한 소리로 기사를 번역해 읽어 주었다. 기사의 내용은 이랬다.

사고가 나던 날, 임인애라는 여인, 즉 엄마는 공장 근처 축대를 지났다. 그즈음 엄마가 다니던 공장에서 동맹파업이 일어났고 원인 모를 불이 났다. 사정을 모르던 엄마는 공장 근처 축대를 지나는 중이었고 각목을 든 공장 구사대(고용주 측이 만든 조직으로 주로 노동자들의 노동운동을 방해하거나 쟁의행위를 저지하는 등의 일을 한다.)의 눈에 뜨였다. 구사대는 해고퇴직자가 공장 근처를 지나는 점을 의심했다. 엄마가 공장에 불이 난 것과 관련이 있을 거라고 여긴 구사대 사람들이 엄마를 쫓았고, 엄마는 쫓기다가 축대에서 발을 헛디뎌 떨어졌다.

엄마는 죽었다. 엄마가 사고를 당한 날짜는 내가 입양을 막 은 날로부터 이틀 뒤. 기사가 난 건 그로부터 육 개월 뒤였다. 그사이 엄마는 죽은 채 화재 용의자로 몰렸다가, 사고당하기 전에 병원에 입원했던 사실과 수술받기 이틀 전에 아이를 만나기 위해 길을 나섰다는 게 밝혀져 누명을 벗었다. 뒤늦게 밝혀진 화재의 원인은 누전. 미혼모가 수술을 앞두고 아이를 만나러 가다가 사고를 당했다는 눈물겨운 이야기. 그 뒤 미혼모의 딸은 해외 입양 길에 올랐다는 짠한 드라마. 그 두 가지가 사람들의 관심을 끌 만한 재료였고 기사로 쓰인 이유였다. 그리고 딸을 만나러 가기 전, 엄마가 밀린 월급을 받으러 공장에 들렀을지는 좀 더 수사를 해 봐야 하지만 수사가 이뤄지지 않았다는 점과 함께 기사는 근로기준법이니 최저임금이니 하는 말로 끝을 맺었다.

나는 눈을 감았다. 위험한 축대 난간과 축대 아래에 울퉁불퉁 솟아 있던 돌이 떠올랐다. 내 생각이 짧았다. 처음부터 돈은 중요하지 않았을지도 몰랐다. 내가 준 돈으로 모든 걸 바꿨다고 생각한 내가 어리석었다.

‘아이를 만나기 위해.’

기사 한 줄이 머릿속에 맴돌았다. 나는 내가 원망스러웠다. 내가 예정대로 송 선생을 따라 입양을 왔더라면 엄마는 그날 나를 만나러 아줌마 집에 오지 않았을 것이다. 오더라도 다른 날 다른 시간이었을 것이다. 그러면 축대를 지날 일도, 각목을 든 사람들에게 쫓길 일도, 축대에서 떨어질 일도 모두 변수를 일으켜 엄마는 죽지 않았을 것이다. 그렇게 십 년 뒤면 엄마는 맛집 주인이 되고 소식지에도 실렸을 것이다.

자기가 태어나기 전의 과거로 가서 엄마가 될 소녀를 실수로 죽였다 치면, 나는 누구에게서 태어나느냐의 문제. 시간 여행의 이론에 나오는 모친 살해의 역설. 나는 내 입양을 막으려다 엄마를 죽였다. 그게 맛집 기사가 사라진 이유였다.

“리리.”

정이 조심스레 나를 불렀다.

아저씨도 말했다.

“리리야, 내가 더 검색해 보마. 이분이 네 엄마가 아닐 수도 있어. 네 말대로 엄마 성함이 이미내 씨일지도 모르잖니?”

나는 아무 말도 할 수 없었다.

13. 선택

1998년 9월 30일. 미국.

사진을 줍지 않았더라면……, 과거로 가지 않았더라면……, 학주에게 돈을 주지 않았더라면……!

나 자신이 견딜 수 없게 미웠다.

아무 일도 일어나지 않은 때로 시간을 되돌리고 싶었다.

딩동딩동. 누군가 집요하게 초인종을 눌렀지만, 집에 돌아온 나는 책상에 엎드려 꼼짝하지 않았다.

악몽을 꿨다. 학주가 차가운 시멘트 바닥에 앉아 날 기다리는데 내가 다가가자 흙더미가 나를 가로막았다.

학주야!

깨어나니 주위는 캄캄했다. 흙더미 같은 어둠에 질식할 듯 숨이 막혔다. 나는 허겁지겁 일어나 내 방과 아래층의 욕실과 부엌, 거실의 불을 모두 켰다.

사진이 다시 눈길을 끈 건, 내 방으로 올라와 책상 위 스탠드마저 켰을 때였다. 스탠드 불빛 아래 놓인 얼룩만 남은 사진을 보다가 눈을 떼고 창의 커튼을 닫기 위해 일어서는데 허공에 무언가가 보였다.

……!

잔상 효과라 했던가? 강한 빛을 보다가 다른 데로 눈을 돌린 순간 뭔가가 시야에 어른거리는 현상. 눈앞에 무언가가 어른거렸다. 손이었다. 나는 스탠드 빛이 가장 강한 곳에 다시 사진을 비춰 보았다. 시간 여행을 다녀올수록 사진 속 학주는 흐려져 더는 보이지 않았다. 반대로 얼룩은 좀 더 진하게 번진 느낌이었는데 얼룩이 번진 그 끝에 학주 손의 형태가 남아 있었다. 불빛의 기울기에 따라 손은 보이기도 하고 안 보이기도 했지만 분명 형태가 보였다.

나는 사진을 들고 아래층으로 갔다. 아래층 욕실 불빛은 여드름 자국이 훤히 다 보일 정도로 밝았다. 그 불빛에 나는 각도를 기울이며 다시 사진을 비췄다.

……!

가슴이 뛰었다. 가장 밝게 비추는 곳에 정말 학주의 손이 희미하게 보였다.

조명의 밝기와 위치에 따라 같은 장면을 찍더라도 사진의 결과물은 다를 것이다. 한 장의 사진도 빛의 위치에 따라 어느 부분은 다른 곳보다 어둡게 나올 것이다. 학주의 손도 빛의 위치에 따라 다른 곳보다 진하게 찍힌 건가? 그래서 진한 만큼 흔적이 남은 건가? 아니면, 얼룩이 번져 학주 손에 닿은 걸까? 그것도 아니면 잔상이니 흔적이니 하는 모든 건 내 간절함이 빚어낸 착시인 걸까?

나는 다시 내 방으로 올라왔다. 어느 것이든 상관없었다. 사진 속 학주 손은 내게 단 한 번의 기회가 남았다고 말해 주는 것 같았다.

책상에 앉아 나는 눈을 감았다.

이제 나는 내가 바꾼 과거를 원래대로 돌려놓아야 한다. 그러려면 학주에게 돈을 건넨 그 시간에 맞춰 과거에 도착해야 한다. 과거를 잘못 바꾸면 또 무슨 일이 생길지 모르니, 그 시간으로 가 돈만 쏙 가져와야 한다. 현재에 영향을 끼치지 않도록, 돌 하나만 빼내 오듯 행동을 최소화해야 한다. 그건 십 년 전의 오늘보다 이틀 뒤로 가는 일이고, 한번 다녀온 곳을 또 가야 하는 일이다. 어쩌면 그 일은 10분 전에 떠났는데 15분 전에 도착하는 것과 같이 까다롭고 고약한 일일 것이다.

하지만 방법은 있다. 할머니가 도장을 찍기 전으로 갔을 때처럼 사진을 더듬다가 여러 장면이 스칠 때 내가 가야 할 장면에서 손을 멈추면 된다. 그러려면 검토가 필요하다. 엄마를 살릴 마지막 기회. 또다시 장면이 스치리란 보장은 없었다. 나는 지금까지의 과거 여행을 다시 한번 정리해 보았다.

현재 날짜를 기준으로 할 때,

처음 비행기로 간 날은 현재보다 세 달여 뒤.

축대로 갔을 때는 닷새 전.

학주와 단둘이 만난 날은 현재와 같은 날.

엄마가 쓰러진 내 생일도 현재와 같은 날.

돈을 가져간 날은 현재보다 이틀 뒤였다.

그중 같은 것은 학주와 단둘이 만난 날과 내 생일이다. 두 날 모두 나는 현재 미국의 날짜와 같은 날짜의 과거로 갔다. 두 날의 공통점은 뭘까?

학주와 단둘이 만난 날. 그날 나는 처음으로 사진이 과거로 가는 통로임을 추측했고 내 추측이 맞는지 확인하느라 학주의 검지에 내 검지를 댔다. 상대가 악수하자며 손을 내미니 자연스레 나도 손을 내미는 것처럼 말이다. 내 생일에도 그랬다. 그날도 나는 내 검지를 학주의 검지에 댔다.

그렇다면 검지?

학주의 검지가 도착 시간을 정하는 기준일까? 학주의 검지에 정확히 내 손끝이 닿으면 현재와 같은 날짜로 가고, 검지에서 얼마만큼 떨어졌느냐에 따라 도착 시간이 달라지는 걸까? 학주 손과 내 손이 닿는 먼지만큼 작은 위치. 그 위치가 도착 시간을 정한다면? 그렇다면 첫 번째 시간 여행에서 세 달이나 먼 날짜로 간 것도 내 손끝이 학주의 검지에서 그만큼 먼 곳에 닿았기 때문일 것이다. 내 손은 엄지든 검지든 상관없다. 학주 역시, 손이 아닌 학주 몸 어디든 내 손이 닿기만 하면 과거로 가는 통로가 되는지도 몰랐다. 중요한 건, 도착 시간의 기준이 검지라는 거다!

나는 자리에서 일어섰다. 기쁨과 동시에 두려움이 몰려왔다. 모든 건 가설이지만 그럴 수 있겠다는 생각이 들었다. 나는 외투를 입고 생존 가방을 멨다. 도착 시간의 원리까지 추론했으니 이제 내가 할 수 있는 일은 한 가지. 나는 사진을 향해 손을 뻗었다.

학주야!

하지만 사진에 닿기 전 나는 손을 떨궜다. 말괄량이처럼 마당을 날던 학주가 떠올랐다. 학주의 장난스러운 웃음과 보드랍고 여린 감촉, 숨결. 과거로 가 돈을 가져오면 학주는 입양 길에 오를 것이다. 그러면 내가 살던 삶을 그대로 살 것이다. 버려진 아이, 잡종 쓰레기, 배변 봉투……. 나를 따라다녔던 말과 엄마가 떠난 날 내 머리를 빡빡 밀어 버린 아빠. 이유도 모른 채 매를 맞고 창고에 갇혔던 날들.

헉! 숨이 막혔다. 아무것도 모른 채 새벽에 엄마를 기다리던 학주. 그런 학주를 내가 아는 미래로 가게 할 수는 없었다.

'안 돼!'

나는 사진을 바닥으로 던져 버렸다.

'학주야!'

동시에 환청이 들렸다. 엄마였다. 내 눈이 커지며 순식간에 눈앞에 환상이 펼쳐졌다.

환상 속 엄마는 쫓기는 중이다. 각목을 든 남자들이 엄마를 쫓는다. 넘어질 듯 축대 옆 계단을 달려 내려오는 엄마. 완장을 두른 남자가 두 계단씩 내려와 엄마의 옷자락을 잡는다. 엄마는 계단에 주저앉으며 필사적으로 남자 손을 뿌리친다. 그러자 각목 하나가 엄마의 앙상한 어깨를 때린다. 퍽! 사람들이 달려오고 각목은 두 개, 세 개로 늘어난다. 퍽, 퍽, 퍽! 학주야! 엄마는 도망가기 위해 일어나지만 마른풀처럼 꺾여 난간 아래로 떨어진다.

"엄마!"

나는 소리쳤다.

엄마는 조용하다. 기침 소리도 들리지 않는다. 고요한 가운데 한 줄기 피가 흐른다. 엄마의 엉킨 머리칼에서 시작된 피는 돌을 적시며 늘어진 엄마의 팔 아래를 지난다.

"엄마!"

내 소리와 함께 장면은 사라졌다. 방은 다시 원래의 모습으로 돌아왔다.

망설임은 잠시, 이제 나는 내가 무얼 해야 할지 알았다. 나는 다시 사진을 주웠다.

'기다려요, 엄마. 내가 구해 줄게.'

나는 눈을 감고 사진을 향해 검지를 뻗었다. 보이지 않아도 이제 나는 느낄 수 있었다. 일 센티미터 안의 일 밀리미터. 그 작은 크기의 학주 손. 내 손끝의 미세한 움직임이 투시력과도 같은 정신적 일이라 생각되며 실제로 학주의 손이 느껴졌다.

그제야 나는 깨달았다. 그동안은 알지 못했지만, 과거로 가는 통로는 일 밀리미터보다 작은 학주 손이 실제로 느껴지는 지점이었다는 것을! 나는 손을 멈추지 않고 계속 더듬었다. 그러자 어느 순간, 장면이 스쳤다. 달빛 가득한 마당과 해피, 뜨개 커튼 사이로 보이는 비 오는 골목……. 할머니와 아줌마, 종이접기를 하는 학주. 학주 옆에 등을 보이고 앉은 여자! 내가 돈을 건넸던 그 시간이었다. 나는 손을 멈췄다.

14. 바꿔치기

1988년 10월 2일. 한국.

아악! 무언가가 나를 흡입하듯 빨아들였다. 나를 빨아들이는 건 빛이었다. 빛 속에 누군가가 서 있는데 엉거주춤 서 있는 그 아이는 어제 과거로 온 나였다. 어제의 나는 학주에게 돈 봉투를 건네려는 참이다. 부딪히면 깨질 것 같은데, 쑤욱! 어느 순간 자기장에 빨려 들어가듯 내 몸이 어제의 나로 들어가 하나가 되었다.

머리가 깨질 것 같은 고통 속에 곧 빛이 사라졌다. 그러자 언제 그랬냐 싶게 두통도 사라졌다. 눈을 뜨자 바로 앞에 돈 봉투와 학주가 보였다. 나는 돈 봉투를 잽싸게 가방에 넣고 저금통을 꺼내 학주에게 내밀었다. 눈 깜짝할 새의 일이었다. 생일 저금통은 어제 학주에게 주기 전의 시간이므로 아직 내 가방에 있었다.

짤랑! 학주가 잠시 의아한 표정을 짓더니, 곧 신나는 얼굴로 저금통을 흔들었다.

"제 에미만 쓰러지지 않았어도 겨울이나 나고 보낼 텐데."

할머니가 한숨을 쉬었다.

"할머니, 이거 봐!"

학주가 자랑하듯 저금통을 흔들며 할머니에게 갔다.

"이거 학주 엄마 도장 맞는 거죠?"

어제의 일이 반복되며 아줌마가 묻는 순간, 학주가 송 선생 가방에 걸려 넘어졌다. 같지만 조금씩 다른 과거. 학주가 놓친 건 돈 봉투가 아닌 저금통이었다. 댕그르르!

"학주야!"

아줌마가 학주를 안으며 한 손으로 굴러가는 저금통을 주웠다.

"할머니 건드리면 안 돼요. 얌전히 있어야지."

아줌마가 학주 손에 저금통을 쥐여 주는 사이 할머니가 서류에 도장을 찍었다. 곧 송 선생이 가방에서 돈을 꺼내 할머니에게 건넸다.

"한 번 세어 보세요."

흑! 할머니가 돈을 받으며 울음을 터트렸다.

아줌마는 학주를 안고 몸을 둥실둥실 흔들었다.

"학주야, 이제 다 끝났다. 우린 가자!"

후유. 나는 안도의 숨을 쉬었다. 과거를 원래대로 돌려놓았으니 이제 학주는 입양 갈 것이고, 학주가 없으니 엄마가 아줌마 집에 올 일도 없을 것이다. 오더라도 정확히 그 시간이 아니니 사고도 사라질 것이다. 1초간의 일도 수많은 변수를 일으키니 말이다.

아줌마가 말했다.

"우리 학주, 꼬까옷 입고 엄마 만나러 가자. 먼데 사는 부자 엄마."

"엄마?"

학주는 좋아하며 아줌마가 입혀 주는 새 옷을 입었다.

"아이고, 학주야!"

잠시 뒤, 학주가 마당으로 나가자 할머니가 큰 소리로 울었다.

"학주야! 내 새끼."

할머니가 달려 내려가 학주를 안았다.

"아가, 밥 잘 먹고 건강해야 한다. 이쁨 많이 받고 공부도 잘하고. 아이고 내 새끼, 네 에미가 널 보내고 어찌 살려나. 다 이 할미 죄다. 이 업을 어찌할꼬!"

나는 대문 밖 모퉁이에 숨어 학주를 지켜봤다. 학주가 할머니 눈물을 닦아 주었다.

"할머니, 안녕."

"우리 아기, 또 언제 보려나. 아가, 아프지 말고 잘 커야 한다. 이 담에 커서 꼭 훌륭한 사람 되거라. 밥 잘 먹고. 내 새끼, 미안하다. 미안해……."

학주가 할머니 등을 토닥였다.

"엄마랑 또 올게."

인사를 한 학주는 신나는 얼굴로 앞만 보고 갔다. 나는 학주가 걸어가는 길을 봤다. 네가 가는 길, 너에게 펼쳐질 미래. 낯선 곳에서 엄마를 찾으며 울던 날과 공포에 떨었던 비행기 안.

수많은 카메라 불빛이 터지던 미국 공항과 내 몸 여기저기를 꾹 꾹 눌러 보던 푸른 눈의 할머니. 그리고 나를 거꾸로 들어 보던 아빠.

'학주야, 미안해. 그동안 널 미워해서 미안해.'

나는 학주에게 사과했다.

'너의 검은 머리를 창피해해서 미안해. 예쁜 네 사진을 찢어 버려서 미안해. 미안해, 학주야.'

아무것도 모르고 엄마를 만나러 가는 학주.

'기억해, 학주야. 엄마가 있고 엄마의 사랑이 있음을 기억해. 넌 꼭 다시 올 거야. 학주야, 사랑해!'

나는 알았다. 과거는 달라지지 않았지만, 학주는 내가 기억하는 과거와 다른 기억을 가질 것이다. 자신이 버려졌다는 생각이 아닌 다른 시간을 간직할 것이다.

골목을 나서던 송 선생이 할머니에게 말했다.

"그만 들어가세요. 우린 차가 기다리고 있어서 타고 갈게요. 차에 다른 아이들도 있으니 학주도 친구 사귀고 좋을 겁니다. 그리고 학주 엄마에게는 우리 입양기관이 어딘지 모른다고 하세요. 냉정할 땐 냉정해야 학주 엄마도 제자리 찾습니다. 수술도 해야 하니 잊을 건 빨리 잊어야죠."

골목을 벗어나자 공터에 검은색 자가용이 보였다. 송 선생과 학주가 다가가자 운전석에서 한 남자가 내렸다. 흰색 바지에 꽃무늬 스카프와 검은 안경을 걸친, 한물간 연극배우 같은 중년 남자였다. 송 선생은 남자를 '소장'이라고 불렀다. 소장이 머릿기름 냄새를 풍기며 학주에게 다가왔다. 그리고 짠! 하며 등에 감춘 상자를 학주에게 주었다. 초코파이 상자였다. 히야! 학주 입이 함빡 벌어졌다. 차에는 다른 두 명의 아이도 있는데 각각 초코파이 상자를 끌어안고 있었다. 그중 한 아이가 소리 없이 울었다. 학주 또래의 아이인데 갈색 머리에 서양인 같은 외모를 한 남자아이였다. 학주가 차에 타더니 그 아이에게 넉살 좋게 말을 붙였다. 뭐라고 했는지 남자아이가 금세 배시시 웃었다.

……엥?

내 눈이 커졌다. 웃을 때 한쪽 입꼬리가 올라가며 볼 한쪽에만 보조개가 들어가는 남자아이. 붉은 기가 도는 갈색 머리에…… 정?

학주가 창을 통해 나를 봤다.

"앤, 현수래. 정현수!"

어느 틈에 이름까지 알았는지 학주가 남자아이를 소개했다. 나는 현수라는 아이를 자세히 봤다. 눈물로 얼룩져 꾀죄하지만 날 보며 웃는 아이.

'너였구나, 정!'

현수의 웃는 얼굴은 미국에 있는 정의 모습 그대로였다.

곧 소장이 운전석에 올라 주차 공간을 빠져나가려 차를 후진시켰다. 송 선생이 아줌마에게 눈짓했다.

"여사님만 알고 계세요."

송 선생의 은근한 말투에 학주와 정에게 가려던 나는 걸음을 멈추고 두 사람 말에 귀를 기울였다.

송 선생이 말했다.

"학주는 바로 입양 갈 겁니다. 미국에서 옷까지 사 놓고 애 기다리는 엄마가 있는데, 하필 그 아이가 아파서 못 가게 됐어요. 서류랑 절차 다 끝내고 크리스마스 선물로 아이를 기다리는데 말이죠. 그래서 학주를 대신 보내기로 했어요. 마침 아픈 아이랑 나이도 같고, 사진도 바꿀 필요 없이 키며 얼굴도 비슷해요. 바꾸기에 맞춤이니 이게 다 여사님 덕입니다. 이것도 신용 문제라서요."

바꿔치기. 나는 수량을 맞추기 위해 아이를 바꿔 입양시키기도 했다는 꽁지머리 아저씨 말이 떠올랐다.

아줌마가 말했다.

"아유, 우리 학주가 운이 좋네요. 지난번 애도 그랬죠?"

"예. 그러니 그때처럼 학주 엄마한테도 애 떠났다고 딱 잘라 말하세요. 아픈 아이가 마침 길 잃은 아이라 경찰서서 보육원 거쳐 왔는데, 이름도 모르고 찾는 사람도 없어요. 버려진 거죠. 그래서 이름도 어쩌다 '김고아'가 됐어요. 이름이야 뭐, 어차피 미국 가면 새로 지을 거니까. 아무튼 학주는 김고아라는 이름으로 입양 갈 겁니다. 그리고 학주 같은 아이 있으면 또 소개해 주세요. 아시다시피 여자아이들이 모자라서요."

아픈 김고아 대신 입양 간 학주. 내가 세 달여 만에 빨리 입양 간 이유였다. 비밀리에 이름이 바뀌었으니 수술 뒤 엄마가 찾아와도 나를 찾을 수 없었을 것이다. 아저씨가 말한 부모 없는 아이라는 뜻의 김고아. 알고 보니 '배변 봉투'가 본명이었다는 말을 들은 것 같은 기분이었다.

빵! 그때 차 소리가 울렸다.

"안녕!"

정과 함께 창밖을 보며 학주가 손을 흔들었다.

"Hak Ju!(학주야!)"

학주에게 가려고 했지만, 어느새 빛이 퍼졌다. 텅 빈 마루에는 학주가 잊고 간 생일 저금통만 덩그러니 놓여 있었다.

15. 완벽한 생존 가방

1998년 10월 1일. 미국.

비행기 안이다. 바닥에는 아기들이 담긴 상자가 놓였고 학주는 아기에게 딸랑이를 흔들어 주고 있다.

"임학주, 여기 봐 봐."

카메라를 든 봉사자가 학주를 부른다. 고개를 돌린 학주가 카메라를 보더니 금세 두 손을 턱에 괴고 예쁜 척을 한다. 학주는 사진 찍는 걸 좋아한다. 입꼬리를 올리고 방긋 웃는다. 그러다 '어!' 하며 학주가 팔을 뻗어 검지로 나를 가리킨다.

그 순간, 찰칵!

"이 사진 보내 줄 테니 미국서 잘 지내."

사진을 찍은 봉사자가 말한다.

그새 학주는 제 목도리를 당기며 또 장난을 친다. 그제야 나는 단체기념품으로 받은 노란 목도리가 생각난다.

입양되어 와서도 나는 그 목도리를 무척 아꼈다. 밤에도 낮잠을 잘 때도 목도리를 안고서야 잠이 들었다. 그런데 어느 날 목도리가 보이지 않았다. 나는 목도리를 찾으며 울었고 며칠 견디다 못한 엄마가 새 목도리를 사 줬다. 소용없었다. 나는 계속 노란 목도리를 달라며 울었고, 하루는 참다못한 엄마가 내 뺨을 때렸다. 놀란 나는 더 크게 울었고 엄마는 내 반대편 뺨도 때렸다.

그 뒤로 내가 목도리를 찾았는지는 기억에서 사라졌다. 사라진 기억이 떠오르며 사진 속 얼룩도 점점 형체를 드러냈다. 사람의 모습이었다. 비행기 안에서 학주를 보며 웃는 사람, 그 사람은 나였다!

곧 사진을 찍은 학주가 내게 다가온다. 나를 안으려 두 팔을 벌린다. 나도 학주와 키 높이를 맞춰 앉으며 두 팔을 벌린다.

사랑해, 학주야!

사랑해, 리리!

우린 하나가 된다.

마침내 모든 기억이 되살아났다. 비행기 속 봉사자가 찍어 준 사진은 내가 스웨터 아래에서 주운 사진이었다. 그때의 내가 첫 번째 시간 여행을 갔을 때의 나인지, 아니면 조금씩 달라진 과거 어느 시점에서 또 다른 시간 여행을 한 나인지는 알 수 없다. 어쩌면 사진 속 얼룩은 비행기 안으로 나를 찾아간 내 무의식일 수도 있었다.

으! 알에서 깨어난 새가 두 날개를 펴듯 나는 기지개를 켰다.

어느 것이든 상관없었다. 이제 나는 알았다. 비행기에 탄 과거의 학주는 현재의 내가 됐다는 것을!

다시 돌아온 현실. 잠에서 깬 나는 책상으로 가 소식지를 펼쳤다.

……아!

나도 모르게 탄성이 나왔다. 소식지 속 엄마가 되살아났다.

한국의 고궁 기사는 사라지고 그 자리에 맛집 주인 인터뷰가 실렸다. 맛집 주인은 임 모 여인. 과거 두 번의 수술을 하느라 세 달 넘게 병원 신세를 졌으며, 고국을 찾는 해외 입양아들의 쉼터가 되기 위해 식당을 열었다는 이야기였다. 입양 간 딸을 기다린다는 엄마는 탁자 앞에 앉았는데 엄마 팔꿈치 옆으로 생일 저금통도 보였다.

기억은 살아났지만, 스웨터 아래에서 주운 사진은 사라졌다. 가방과 주머니를 모두 뒤져도 보이지 않았다. 그래도 1988년 12월 24일, 내가 입양되어 온 사실은 변하지 않았다. 일어나야 할 일은 일어났다. 그렇지만 나는 다른 내가 되었다.

이제 학교에 가야 할 시간. 씻기 위해 세면대 앞에 서자 거울 속의 내가 나를 보고 웃었다.

학교 가는 길. 유리창이 깨진 핫도그 집과 갱단의 영역표시가 그려진 건물, 커다란 개를 옆에 두고 쓰레기통을 뒤지는 사람……. 길가의 모든 건 평소와 같았다. 그러나 따스한 햇볕과 부드러운 바람, 어디선가 들려오는 평화로운 새소리. 그동안 느끼지 못한 것들이 느껴졌다.

"안녕!"

지나가며 인사하자 제니퍼가 눈을 동그랗게 떴다.

"왜 자꾸 쪼개?"

풋! 놀라다가 얼굴을 구기는 제니퍼 모습에 웃음이 났다. 오랜 여행을 마치고 돌아온 기분. 모처럼 생존 가방도 벗어 버리니 몸은 더없이 가벼웠다.

"네 아빠 일은 유감이다. 도움이 필요하면 언제든 말하렴. 교장 선생님도 널 돕기로 했어."

결석한 일로 걱정했으나 선생님은 도리어 나를 위로했다. 선생님은 아빠가 경찰서에 잡혀간 일로 내가 결석한 줄 알았다.

정을 만난 건 쉬는 시간이었다.

"리리, 네가 사무소에 처음 왔다는 말은 들었어. 그것 때문에 널 찾았는데, 어제 어디 갔었니?"

맙소사! 내가 입양 사무소에 가서 엄마 기사를 검색한 일이 정의 기억에서 사라졌다. 과거에서 학주가 입양을 가고 맛집 기사가 살아나니, 내가 사무소로 가서 엄마 기사를 검색한 일도 없어진 것이다. 엄마가 살았으니 아저씨 자료에 있던 엄마의 사고 기사도 사라졌을 것이다. 정의 머릿속도 어제 나를 만난 기억 대신 다른 기억으로 채워졌을 것이다. 한국의 고궁 대신 맛집 기사가 살아난 것처럼 말이다. 나 역시 시간이 지나면 정처럼 사무소에서 엄마 기사를 검색한 일을 잊을 것이다. 그리고 그 시간은 다른 기억으로 채워질 것이다. 그렇지만 나는 여전히 사무소에 가서 조금은 다른 일을 겪고, 그 일로 결국 다른 시간 여행을 할 것이다. 일어나야 할 일은 일어나니 말이다.

"어제 많은 일이 있었어. 시간의 순환 덕에."

내 말에 정의 눈이 동그래졌다.

"시간의 순환?"

"응. 알고 보니 시간은 직선으로 흐르는 게 아니었어. 과거가 미래가 되기도 하고. 어쩌면 과거-현재-미래라는 건 없을지도 몰라. 시간은 순환하니까. 그 순환 속에서 달라진 건 없지만 모든 게 달라졌어. 그리고 너도 기억났어! 정. 현. 수!"

"에엥? 네, 네가 어떻게 내 한국 이름을……?"

혹시나 했는데 역시나, 정은 과거 학주와 같은 차에 탔던 아이가 맞았다.

마침 수업 종이 울렸다.

내가 말했다.

"이따 사무소에서 봐. 나도 자원봉사자가 되기로 했거든."

"에엥?"

정이 또 한 번 놀랐다. 놀란 얼굴도 어릴 적 울보 현수랑 똑같았다.

"그나저나 내 이름은 어떻게 안 거야? 아무리 생각해도 내가 말 한 적은 없는데. 시간의 순환이니 그딴 말 말고 어떻게 된 건지 자세히 좀 말해 봐."

그 뒤로도 정은 참지 못하고 쉬는 시간마다 찾아와 물었다.

오래전 친구인 정. 이젠 나도 정에게 모든 걸 속 시원히 털어놓고 싶었다. 나에게 일어난 비밀스럽고도 신비한 일. 하지만 매번 어디부터 말을 꺼내야 할지 몰랐다.

학교를 마치고 사무소로 가는 길. 나는 용기를 내 입을 열었다.

"사실 나, 우연히 주운 사진을 통해 시간 여행을 다녀왔어. 일주일 전부터 나를 찾기 시작한 거지. 그동안 난 나를 외면하고 살았거든. 나 같은 입양아는 아동보호소 같은 데서 평소에 왜 그렇게 말썽을 피우는지, 꼬맹이 때 왜 그렇게 울었는지 따위의 검사나 받는 신세로만 알았는데. 그런 선입견으로 처음에 난 사진 속 아이가 나인 줄도 몰랐어. 그러다 사진을 통해 십 년 전 비행기에서의 나를 만났고, 한국에서의 어린 나도 만났어. 그리고, 드디어 지금의 나도 만난 거야."

"어, 응. 그랬구나. 그러니까 시간 여행이란 게 어릴 적 기억이 떠올랐다는 뜻이지?"

인터뷰라도 하는 것처럼 정의 표정은 꽤 진지했다.

"그래. 그건 나를 찾는 여행이기도 하고 과거를 넘나드는 진짜 시간 여행이기도 해. 그렇게 난 잃었던 기억을 찾았고 그동안 나도 모르게 과거에 묶여 있었단 사실도 깨달았어. 그 결과 이제 난 해외 입양아나 동양인이란 말을 걷어 내고, 진짜 내 모습을 보기 시작했어. 얼룩으로만 존재하는 내가 아닌 완벽한 진짜 내 모습!"

나는 여전히 현실이 두려웠다. 하지만 이제 나는 조금씩 어깨를 펴고 현실 속으로 나아갈 것이다. 오롯이 현실 속에 설 것이다.

"그리고 우주의 시간이 수없이 많다는 것도 알았어. 그렇지만 어느 시간대든, 나는 여전히 시간 여행을 가고, 조금은 다르지만 너랑도 만나고, 결국 진짜 나를 찾을 거야. 그게 나거든!"

"오오! 리리. 진짜 시간 여행을 한 거네!"

약간은 아리송한 표정으로 정은 신기한 듯 말했다.

"나야말로 집에 가서 사진을 찾아봐야겠어. 리리, 너랑 찍은 사진이 있을지도 몰라. 그 사진을 통해 나도 너랑 처음 만난 곳으로 시간 여행을 갈 거 같은데. 하하!"

정과 이야기를 나누면서 과거에 정과 나는 같은 입양기관에 속해 있었고, 내가 입양되어 온 이 년 뒤에 정이 입양 온 걸 알 수 있었다.

내가 말했다.

"그런데 우리 좀 빨리 걸을까? 사실 나, 급한 일이 있거든."

"급한 일? 또 무슨 일인데?"

"아기 비행기를 취재한다고?"

아저씨가 놀라며 물었다.

정과 사무소로 간 나는 아저씨에게 자원봉사자가 되겠다고 말했다.

"네가 도와준다면 언제든 환영이다. 하하!"

아저씨는 무척 좋아했다. 내 무의식에 새겨진 아기 비행기에 대한 기억. 나는 자원봉사자로 일하며 그 기억에 대한 증거도 찾고 싶었다.

아저씨의 기억에서도 내가 엄마 기사를 검색하러 온 일이 사라졌다. 예상한 일이지만 나는 또 한 번 놀랐다.

이제 본론을 말할 시간. 나는 조심스레 소식지를 꺼냈다.

"아저씨. 혹시 이 맛집 기사에 대해 알아볼 수 있나요?"

"이거? 이건 한국 사무소에 근무하는 후배가 취재한 건데, 그 집 밥맛이 좋다고 소문났대. 식당 주인이 고국을 찾아간 입양아들에게 숙소도 알려 주고 사무소와 연결도 해 주나 봐. 그래서 한국의 명소 대신 소개한 건데. 그 기사는 왜? 아마, 그 주인도 입양 간 아이를 찾는다지."

신기했다. 하루 전만 해도 맛집 기사를 모른다던 아저씨가 바로 그 기사에 대해 말하니 거짓말을 하는 것 같았다.

아저씨가 말을 이었다.

"이 기사는 나름대로 의미 있어서 실은 거고. 그분이 찾는 아이에 대한 소식은 순서상 다다음 호쯤 한국판에 실려 올 거야. 그때 아이 인적 사항도 실리겠지. 듣자 하니, 그동안 아이를 찾다가 계속 실패해서 이젠 그저 기다리는 형편이라던데, 찾아질지 모르겠다."

"아이 찾는 걸 계속 실패했다면 이분도 그런 경우가 아닐까요? 지난번 아저씨가 말씀하셨던 바꿔치기요. 이분 아이도 다른 아이 대신 입양 간 거라면 이름도 바뀌었을 거고, 그럼 엄마가 아이를 찾아도 다른 아이일 테고요. 바뀐 이름은 아무도 안 가르쳐 주고, 아이는 제 이름도 기억 못 하고. 그러니 기다릴 수밖에요. 저는 취재하면서 그런 일도 하고 싶어요. 이름이 바뀐 아이들의 진짜 이름 찾아 주기."

"오! 리리, 의외인데! 입양엔 전혀 관심이 없는 줄 알았어."

정이 놀라자 아저씨도 말했다.

"그거 좋은 기획이다!"

나는 소식지 속 엄마를 가리켰다.

"저, 실은 한국의 엄마를 만나려고요. 이분요!"

"이분?"

아저씨 눈이 커졌다. 정도 어리둥절한 얼굴을 했다.

나는 숨을 크게 내쉬었다. 가슴이 벅차다는 말이 무슨 뜻인지 알 것 같았다.

"이분이 제 엄마예요. 임인애 씨. 엄마께 연락하고 싶은데 한국 지부를 통하면 전화번호를 알 수 있을까요?"

몇 초간 정적이 흘렀다.

"정말?"

"뭐?"

아저씨와 정이 동시에 입을 열었다.

정이 소식지를 집어 들며 호들갑을 떨었다.

"반전! 네가 인터뷰 주인공일 뻔했는데 인터뷰 주인공이 네 엄마라고?"

아저씨도 웃음을 터트렸다.

"핫하! 사실 아까부터 나도 눈치는 챘어. 뭔가 있는 거 같았거든. 그런데 물어볼 수가 있어야지. 이런 건 예민한 문제라서. 그럼 아기가 바뀌었다는 것도 설마, 너?"

나는 대답 대신 고개를 끄덕였다. 아저씨는 더 묻지 않고 수화기를 들었다.

"우선 전화부터 하자. 자세한 건 차차 말하고."

아저씨는 침착하려 했지만, 신호가 가는 사이를 참지 못하고 또 물었다.

"소식지 보고 엄마를 알아본 거야? 기억이…… 아, 여보세요!"

한국 지부에서 전화를 받았다.

"따라 해 봐. 나. 는."

"나. 는."

나는 정의 말을 따라 했다. 아저씨는 한국 지부에 전화해 맛집 번호를 알아냈고 번호를 쓴 쪽지는 내 앞에 있었다. 이제 전화만 하면 엄마 목소리를 들을 수 있다. 한국 지부에서 엄마 쪽 사정을 물은 뒤 연락해 주겠다고 했지만, 아저씨는 직접 통화하라며 나에게 전화번호를 건넸다. 전화하기 전, 나는 정에게 속성으로 한국말부터 배웠다.

정이 말했다.

"다시 해 봐. 여. 보. 세. 요."

"여. 보. 쎄에. 쎄요?"

과거를 다니며 모국어처럼 느꼈던 한국어는 막상 말하려니 발음이 안 됐다. 결국, 정이 영어로 발음을 써 주고야 나는 전화를 할 수 있었다.

삑! 신호가 가자 가슴이 뛰는 게 느껴질 정도로 떨렸다.

엄마는 십 년 전에 봤던 리리라는 아이를 아직도 기억할까? 지금도 리리를 연속극에 나오는 흔한 이름으로 알까?

아저씨와 정이 긴장한 얼굴로 나를 봤다. 누군가 침을 삼키는 소리가 들리는데 그 와중에도 정은 역사적 순간을 기록해야 한다며 카메라를 들었다.

그때, 딸깍! 저쪽에서 전화를 받았다.

"여보세요."

여자였다. 일하다가 받은 듯, 가벼이 숨 가쁜 말투.

"헬로?"

나는 손으로 입을 막았다. '여보세요.'라고 연습해 놓고 나도 모르게 영어가 나왔다. 내가 당황하자 아저씨와 정이 손을 들어 '괜찮아, 괜찮아.' 했다.

"헬로?"

"여보세요?"

여자와 내가 동시에 말했다. 나는 또 영어가 튀어나와 당황하는데 상대방이 곧 다시 말했다.

"헬로!"

차분하고 힘 있는 말투. 순간, 전기가 통하듯 나는 느낄 수 있었다. 엄마였다.

"헬로!"

나도 인사했다.

마음이 편해졌다.

나에게 새롭게 다가온 현실. 시간 여행을 통해 나는 과거가 바뀔 수 있고 시간은 순환된다는 사실을 알았다. 그러나 시간보다 중요한 건 엄마를 위한 나의 선택이었다. 과거로 가서 내 입양을 막으려고 했지만, 그 결과로 엄마가 죽는 걸 알고 나는 입양아라는 현실을 받아들였다. 두려웠지만 용기를 내 선택한 순간, 알 수 없는 자신감이 생겼고 나 자신이 소중해졌다. 나를 잃어버린 사람은 나였고 나를 버리지 말아야 할 사람도 나였다. 그렇게 나는 나를 찾았다. 그리고 입양을 막는다는 목표는 사라졌지만, 그 자리에 현실을 헤쳐 갈 용기가 채워졌다. 그 용기야말로 나의 완벽한 생존 가방이었다.

등을 바르게 펴고 나는 나를 소개했다.

"안녕, 나는 임. 학. 주. 입니다."

찰칵!

정이 내 사진을 찍었다.

| 에필로그 |

1988년 12월 21일. 한국.

아악! 건물 밖에서 여자의 비명이 들린다.

눈이 내리는 날이다. 폭설이 내릴 것처럼 날이 흐려지는 가운데 여자의 비명은 거의 울부짖음에 가깝다. 학주는 봉사자의 손을 잡고 복도를 따라 이 층으로 가는 중이다.

초록색 앞치마를 입은 봉사자 가슴에는 이름표가 달렸는데 '시민 봉사자'란 글자가 쓰여 있다. 복도를 따라 벽에 커다랗게 써진 '복지 종합 타운'이라는 글자도 보인다. 학주가 미국으로 떠나기 전에 머물던 시설이다. 이틀 뒤면 또 많은 아이가 미국으로 떠난다. 시설 사람들은 그날을 '출고일'이라고 부른다. 출고일을 맞아 봉사자와 간호사 등 복지원의 직원들은 눈코 뜰 새 없이 바쁘다. 아기들 숫자도 다시 확인해야 하고 건강 기록 등 챙겨야 할 서류도 한두 가지가 아니다. 그러니 건물 밖에서 소리 지르는 여자에게 딱히 신경 쓸 틈이 없다. 늘 있는 일인 듯 태연하기까지 하다.

봉사자를 따라간 곳은 침대가 있는 넓은 방이다. 가로세로 줄 맞춰진 침대마다 아기들이 눕혀져 있다.

"히야!"

귀여운 아기들을 보자 학주는 함박웃음을 짓는다.

눈을 반짝이며 자신을 빤히 보는 아기. 제 주먹을 빨고 있는 아기. 무엇이 궁금한지 입을 '오' 자로 오므린 아기…….

"오! 학주 왔구나."

그때 아기방 구석의 가림막 뒤에서 한 남자가 나오며 학주를 반긴다. 아줌마 집에서 학주를 차에 태워 온 초코파이 아저씨다. 둘둘 만 아저씨 소매 아래로 금빛 시계가 반짝인다. 아저씨 소리에 벽 쪽 침대에서 자던 아기가 화들짝 놀라 두 팔을 들었다 내린다. 컥! 하며 울음을 터트리는 아기도 있다. 그러나 울음은 맥없이 잦아든다. 울어도 자신을 안아 주거나 돌봐 주지 않는다는 것을 아는 듯하다. 아기들 팔목과 발목에는 상표 같은 띠가 둘려 있다.

"이 아이인가요?"

남자 뒤를 따라 웬 키 큰 미국인 여자가 나오며 학주를 본다. 그러더니 학주와 학주 바로 옆 침대에 누운 아이를 번갈아 보며 어눌한 한국어로 말한다.

"둘이 닮은 거지? 하긴, 동양의 아이들은 다 비슷해."

침대에 누운 아이는 학주 또래 여자아이인데 팔목에 두른 띠에 '김고아'라는 이름이 적혀 있다. 학주와 바꿔치기가 된 아이다.

물론, 학주는 김고아라는 이름을 읽지 못한다. '시민 봉사자'라든가 '복지 종합 타운'이란 글자도 모른다. 건물 밖에서 여자가 자기 아기를 도로 달라며 울부짖는다는 것도 모른다. 훗날 이 기억을 떠올렸을 때 김고아가 입가에 하얗게 침이 마른 채 축 처져 잠들었다는 것도, 김고아 팔에 연결된 링거병도 생각나지 않았다. 다만, 기억 속에 떠오른 그날은 눈이 내렸고 비명이 들렸고 어수선한 분위기 속에 침대에 누운 아이가 아팠다는 느낌만 어렴풋이 생각났다. 그러나 그 가운데 선명히 떠오르는 장면이 있다.

미국인 여자가 손가락으로 딱 소리를 내며 아저씨에게 따라오라는 시늉을 한다. 두 사람이 가림막으로 들어가자 학주는 주머니에서 갈색 코끼리 인형을 꺼내 김고아 머리맡에 놓아 준다.

'선물이야! 빨리 나아.'

인형은 리리가 주고 간 수호천사다.

1998년 10월 3일. 미국.

리리가 사는 곳과 차로 사십 분쯤 떨어진 마을이다. 자연 속에서 쾌적한 삶을 즐기려는 듯 전망 좋고 세련된 집이 즐비한 곳이다. 넓은 마당과 커다란 차고를 동시에 갖춘 집들에는 사진을 찍고 싶을 만큼 멋진 나무도 많다.

이른 아침, 그중 한 이층집의 대문이 열리며 카렌이라는 여자아이가 자전거를 타고 나온다. 학주와 같이 검은 머리의 동양인 아이이다. 자전거를 배운 지 얼마 되지 않았는지 카렌은 균형을 잡지 못하고 비틀거리는데, 집에서 노부부가 허둥거리며 나온다. 카렌의 엄마와 아빠다.

아빠가 말한다.

"카렌! 나라면 아빠한테 태워다 달라고 그러겠다. 넘어지면 어쩌려고."

"괜찮아. 할 수 있어."

"길이 얼마나 복잡한데. 모처럼 쉬는 날인데 그 입양 사무소란 데는 꼭 가야 하는 거야? 아니면, 네 오빠에게 태워다 달라고 하렴."

엄마도 안절부절못한다.

뒤따라 카렌의 오빠들이 나오는데 한 명은 금발의 이십 대 후반이고, 나머지 한 명은 삼십 대의 큰오빠다.

큰오빠가 소리친다.

"기다려, 카렌. 데려다줄게. 봉사활동 첫날이니 길도 잘 모를 거 아니야?"

"됐거든. 나 혼자서도 갈 수 있어."

카렌이 균형을 잡더니 자전거를 제법 잘 몰고 달린다.

엄마는 그제야 겨우 한숨을 돌린다.

"아주 신이 났네. 그 사무소란 곳에 우리 카렌과 동갑내기 아이들도 있다더니 친구 사귈 생각에 잠도 설쳤을 거야. 친구가 저리도 좋을까."

아빠도 말한다.

"우리 카렌이 직접 한국과 통할 수 있는 사무소가 생겨서 다행이야. 카렌이 우리 집에 오던 때가 엊그제 같은데, 벌써 저렇게 컸으니."

"그러게요. 비행기에서 내리자마자 병원 신세였는데 이렇게 건강하게 클 줄이야."

노부부는 카렌이 멀어지도록 눈을 떼지 못한다.

카렌의 한국 이름은 임학주. 리리와 바꿔치기 되어 입양된 김고아다.

자라면서 카렌은 늘 헷갈렸다. 성은 기억나지 않지만 분명 자기 이름은 선영이었는데…….

"조심해, 카렌!"

"늦둥아, 조심해라."

오빠들도 몇 발짝 따라 나오며 동시에 외친다.

그러나 카렌은 곧 모퉁이를 돌아가 버린다. 힘차게 달리는 카렌의 자전거 손잡이에는 색이 바랜 작은 갈색 코끼리 인형이 달랑거린다.

얼굴에 바람을 맞으며 카렌은 잔뜩 들떴다.

큰오빠가 소개해 준 꽁지머리 아저씨 말에 따르면 사무소에 자신과 동갑내기인 봉사자가 두 명이나 있다고 했다. 궁금하다. 친구가 많지만, 한국인 친구는 처음이다.

'그 애들도 나와 닮았을까? 특히 그 여자아이. 이름이 뭐랬더라? 아, 리리!'

| 작가의 말 |

또 다른 리리들의 진실 찾기를 위해

그 어느 때보다 이야기의 장르가 다양해지는 요즘입니다. 인터넷 플랫폼을 통한 미디어 콘텐츠의 제공이 활발해졌기 때문일까요? 동화와 청소년 소설에서도 이야기의 장르는 다양해졌습니다.(실제로 여러 장르의 창작물이 나오기도 하고, 예전에 나왔던 작품도 하위 장르를 더 세세히 나누기도 합니다.) 판타지도 슈퍼 영웅 판타지나 도시 판타지, 시간 판타지 등으로 나뉘고, 역사 판타지 또한 실제 역사와는 다른 세계관이 펼쳐지는 대체 역사 판타지와 구별되기도 합니다. 여러분은 이렇게 많은 장르 중 어떤 이야기를 좋아하나요?

제 경우는 역사 이야기와 역사 판타지를 즐겨 보는 편입니다. 스페인 내전을 배경으로 한 영화 〈판의 미로〉나 대만 계엄령이 배경인 공포영화면서 게임 스토리인 〈반교〉, 나치 시대를 배경으로 한 〈줄무늬 파자마를 입은 소년〉과 같은 작품에 관심이 많습니다. 이 작품의 주인공들은 장교의 의붓딸이나 밀고자 여고생, 나치 장군의 아홉 살짜리 아들 등 존재 자체로 아이러니를 가진 인물들입니다. 그들은 아이로서 거대한 역사적 사건 앞에서 어찌 보면 가장 무력한 약자이기도 했습니다. 리리(李李) 역시 그러합니다. 해외 입양은 근대사에서 빠질 수 없는 사건이고 그 사건 앞에서 자기 의지와 상관없이 '생이별'을 겪은 당사자였지요.

리리의 이야기를 쓸 때 처음부터 '시간 여행'이라는 장르를 생각한 것은 아닙니다. 리리란 인물은 크리스마스이브에 태어난 한 아기가 실제 모델인데, 제가 어릴 적 이웃집에 살았던 아기였습니다. 태어난 지 일 년도 안 되어 해외 입양을 가는 아기를 보고 저는 충격을 받았습니다. 유독 아기를 예뻐하기도 했지만, 가족과 떼어 내 아기를 낯선 나라에 보낸다는 것 자체가 충격이었습니다. 시간이 지나면서 그 마음이 글을 쓰는 씨앗이 되었고, 해외 입양에 관한 조사를 하면서 저는 우리나라의 해외 입양이 한국전쟁을 기점으로 시작됐다는 것도 알게 됐습니다. 그러나 기이하게도 전쟁으로 인한 폐허가 복구된 지 한참 뒤인 1978년, 1979년에 우리나라의 해외 입양아 수는 정점에 달했고, 경제성장을 이뤘다는 80년대에도 오히려 60년대보다 많은 아이가 해외 입양 길에 올랐습니다. 2003년에는 미국에 입양아를 많이 보내는 5대 국가 중 가장 부유한 나라이기도 했습니다. 이민자를 받아들이고 다문화 가족이 많아지는 현재 역시 해외 입양은 계속되고 있습니다. 그렇지만 한국전쟁이나 민주화 운동 등 근대의 역사적 사건들과 달리 해외 입양은 진실보다는 여전히 제삼자의 감상적 시선으로 볼 때가 많습니다. 사건의 당사자들이 대부분 자기 입장을 증명할 수 없는 0~5세의 아기였기 때문입니다.

리리를 통해 저는 더 많았을지도 모를 또 다른 리리들의 진실을 조금이나마 전하고 싶었습니다. 1988년 아기 비행기는 창작을 위해 과거에서 가져온 설정이지만, 해외 입양을 가족의 인연으로 단순히 정리하면 그 아이들의 진실을 잘 알지 못할 수 있다고 생각했습니다. 그리고 그 진실을 표현하려면 '시간 여행'이라는 장르가 필요하다는 것도 알았습니다. 리리가 주체적으로 자기 정체성과 진실을 찾기 위해서는 과거와 현재를 오가야 했고, 그렇게 리리는 십 년의 세월을 오갑니다. 서울 올림픽이 열린 해이지만 해외 입양아가 7,000명에 달한 모순의 해인 1988년과 해외 입양아들의 모국 방문을 처음으로 기획한 1998년이지요.

2022년. 드디어 우리 사회에서도 해외 입양에 대한 정부 차원의 첫 조사가 이뤄졌습니다. 이른바 '372명 해외입양인의 진실 찾기'인데 해외입양인들이 자신이 입양될 당시의 인권침해 여부를 판단해 달라는 조사신청서를 제출한 것입니다. 우리나라가 해외 입양을 시작한 지 68년 만의 일입니다. 저는 이 진실 찾기가 68년 전의 과거로 시간 여행을 가는 과정이라고 생각합니다. 68년의 시간을 거치면서 이 시대를 함께 사는 우리 역시 아이들을 위한 최선이 무엇이었는지 깊게 생각해 보는 계기가 되었으면 합니다. 더불어 이 책을 위해 애써 주신 모든 분께 감사의 마음을 전합니다.

최정이

최정이

첫 단편 〈거짓말 포인트가 적립됐습니다〉가 mbc창작동화대상 공모전에 당선돼 《덩어리 선생님》에 실리며 작가로 첫발을 내디뎠습니다. 옛이야기를 연구하는 모임인 '아해와 이야기꾼'에서 《옛날옛날에 산성 따라 굽이굽이》, 《옛날옛날에 문 따라 들락날락》, 《어린이가 닮고 싶은 조선의 고집쟁이들》을 함께 썼습니다. 쓴 책으로 《옛날옛날에 다리 따라 흘러흘러》가 있습니다.